O CIÚME
Delícias e tormentos

Marcianne Blévis

O CIÚME
Delícias e tormentos

Tradução:
VERA RIBEIRO
Psicanalista

© Éditions du Seuil, 2006
© 2008, Martins Editora Livraria Ltda., São Paulo, para a presente edição.

Publisher
Evando Mendonça Martins Fontes

Coordenação editorial
Patrícia Rosseto

Produção editorial
Luciane Helena Gomide

Produção gráfica
Sidnei Simonelli

Capa e projeto gráfico
Beatriz Freindorfer Azevedo

Preparação
Mariana Echalar

Revisão
Denise R. Camargo
Dinarte Zorzanelli da Silva
Maria Ap. A. Salmeron

Dados Internacionais de Catalogação na Publicação (CIP)
(Câmara Brasileira do Livro, SP, Brasil)

Blévis, Marcianne
  O ciúme : delícias e tormentos / Marcianne Blévis ; tradução Vera Ribeiro – São Paulo : Martins, 2009. – (Coleção Psicologia)

  Título original: La jalousie : délices et tourments.
  Bibliografia.
  ISBN 978-85-61635-10-7

  1. Ciúme 2. Relações interpessoais. I. Título. II. Série

08-11963   CDD-152.48

Índices para catálogo sistemático:
1. Ciúme : Psicologia 152.48

Todos os direitos desta edição no Brasil reservados à
Martins Editora Livraria Ltda.
R. Prof. Laerte Ramos de Carvalho, 163
01325-030 São Paulo SP Brasil
Tel.: (11) 3116 0000 Fax: (11) 3115 1072
info@martinseditora.com.br
www.martinseditora.com.br

Para Claire, minha mãe.
Por muito tempo, ela acreditou que as crianças nasciam quando um rabino esquecia uma palavra numa oração. Será que minha viva paixão pelas palavras e pelos esquecimentos faz eco a isso?

Sumário

Agradecimentos 11
Prólogo 13
Ciumentos, ciumentas 15
Estranhas paixões 17
As aparências voam pelos ares 18
Ciumentos e ciumentas 20
Encantos muito venenosos 21
Deixar alguém enciumado 23
Você, meu rival, meu irmão 24

CAPÍTULO I
O estranho apelo do ciúme 27
Esse abismo sem nome 29
A confusão dos sentimentos 30
Fora do alcance 32
Paisagem de ruínas 34
As fachadas do segredo 36
Por trás da máscara carnavalesca 38
As areias movediças da lembrança 41

CAPÍTULO II
A ferida narcísica 43
A figura desprezada do rival 44
O desvelar de uma falha narcísica 46
À beira da alienação 48

Os impasses da transferência 50
"Eu sou bonito, eu sou bonito" 51
A tentação da anorexia 53
Autismo e ciúme 54
A tentação nostálgica do retorno 56

CAPÍTULO III
O cardápio usual do ciúme 59
A tortura do amado 59
Sadismo e ciúme 61
O desejo de dominação, ou o avesso do ciúme 63
A vida cotidiana dos ciúmes 65
A angústia do caranguejo-ermitão 67
Traição 69

CAPÍTULO IV
Embarcada no masoquismo 73
Recuperar as chaves de casa 75
A túnica envenenada do ciúme 77
Fiel ao pior 80
Os territórios inabitados da feminilidade 83
Indiferença e violência 85
A irrealização da dor de não ser nada 87

CAPÍTULO V
Irmãos e irmãs 91
O ciúme do irmão menor 94
Solidão 96
Primogênitos e caçulas 98
Rivalidade e imitação 100
As hesitações do ciumento 103
Estranhamente inquietante 105

CAPÍTULO VI
O homem sem ciúme 109
A jangada da Medusa ou os náufragos do desejo 112
Um corpo sem vida e um olhar voyeur 114

Humilhação materna e virilidade refreada 115
A demissão paterna 119
Virilidade postiça e verdadeira posição feminina 120
Ciúme salutar 123

Capítulo VII
Rivalidades maternas 125
Desvendar os mistérios da virilidade 125
O enigma insondável de uma feminilidade roubada 128
A louca rivalidade de uma mãe 130
Feminilidade ferida, maternidade envergonhada 132
As pazes com os significantes paternos 134
Os diferentes ciúmes das mães 136
Um ciúme de sexuação 138

Capítulo VIII
Os silêncios do desejo 141
Ciúme, sustentáculo do desejo? 143
O quarto dos amantes 145
Os insetos acariciadores 146
A reconquista do desejo 150
A excitação do ciúme como luta contra a depressão 151
As luzes do analista 154

Capítulo IX
Os rosnados da inveja 157
Uma explosão de raiva 158
Os limites das teorias psicanalíticas da inveja 159
O espaço interno destruído 161
A guinada da análise 163
Inveja, reação de urgência ao anúncio do desastre? 165
A inveja e o ciúme 167
Um fechamento do espaço de compartilhamento 169

Capítulo X
Sobre pais, filhos e algumas flores 173
As flores escandalosas do desejo 173

O ciúme do feminino **176**
Redescobrir as cores do amor materno **177**
Rebentar os grilhões do desejo **181**
O medo da inapreensibilidade do desejo **183**
A solidão, o amor, a morte **185**
A liberdade de Eros **187**

Conclusão: Para além do ciúme **189**

Bibliografia 193

Agradecimentos

Meus agradecimentos vão, em primeiro lugar, para Monique Labrune, por seu apoio inteligente e constante a este projeto. Sua presença vigilante permitiu a conclusão deste trabalho, e jamais poderei agradecer-lhe o bastante por isso.

Para celebrar tantos anos de diálogos ininterruptos, do compartilhar de momentos de vida e do indefectível incentivo a meu trabalho, os agradecimentos revelam-se insuficientes; posso apenas dizer que, para mim, a amizade tem uma pátria, e ela se chama Irène Diamantis.

A Arlette Farge, primeira leitora atenta e calorosa, mil vezes obrigada pela delicadeza de sua amizade. Obrigada também a Nenuka Amigorena-Rosenberg por suas observações judiciosas, tecidas por uma longa estima recíproca.

Antes de regressar a Berkeley, Ramona Naddaff prodigalizou-me conselhos proveitosos de leitura, cujo eco neste trabalho é o testemunho de minha gratidão.

Que meus amigos Jean-Michel Sterboul e Jean Lacassin recebam também meu agradecimento, pois, embora sem dúvida o ignorem, suas palavras sempre oportunas foram de um apoio incomparável.

Eu não poderia esquecer minha amiga de além-mar, Judith Feher Gurewich, que, ao me convidar para encontrar em várias ocasiões os colegas psicanalistas norte-americanos, liberou em mim o desejo exigente de transmitir a experiência da análise numa linguagem que viajasse para outra.

Agradeço ainda a Marie Lenormand, interlocutora rigorosa e confiante.

A Jean-Jacques, meu companheiro de todos os dias, com quem tanto tenho compartilhado, obrigada pela paciência com que apoiou este trabalho. E obrigada também a meus filhos, que me dão a alegria de serem quem são.

Prólogo

Como explicar a complexidade e a riqueza das trocas entre um analista e seu analisando? Porventura todo escrito não é forçosamente redutor? Como transmitir a aventura de uma psicanálise, com seus meandros e desvios, suas suspensões e superações? Sem dúvida precisei de tempo para aceitar que essas interrogações não tivessem outras respostas senão as que cada um encontra por conta própria. Na impossibilidade de traduzir a complexidade de *uma* psicanálise, eu poderia ao menos tentar fazer um relato de *todas*... Assim, meu trabalho organizou-se segundo linhas de força distintas, acolhidas por cada capítulo. As superposições das experiências do ciúme é que exprimirão a complexidade, os erros e os achados das múltiplas reflexões que me foram trazidas por numerosos anos de prática da psicanálise.

Ciumentos, ciumentas

Inquieto como todos os apaixonados, o ciumento dá um passo a mais: tem certeza de que, mais dia, menos dia, se é que já não aconteceu, a pessoa amada o trairá. Cansado de tanto prever as infidelidades que julga adivinhar, ele espreita, desassossegado e ofegante, o mais ínfimo sinal de desamor naquele a quem ama. Embora estejamos mais habituados a deplorá-lo do que a ver nele um carrasco, às vezes o ciumento parece procurar provocar os tormentos que teme. Eterno incompreendido, que alerta sem cessar o apaixonado inocente sobre o destino implacável que o espreita, será que nosso ciumento é uma vítima infeliz do amor e da inconstância do coração? Se, muitas vezes, ele prevê com razão o malogro de suas relações amorosas, erra ao invocar outro responsável que não ele próprio para explicar sua derrota. É que, para o ciúme, a simplicidade das causas não convém, a tal ponto que essa paixão atesta perturbações complexas e secretas, difíceis de rastrear. Acaso o ciumento não deplora com freqüência o fato de ninguém o entender? Isolado em seu pavor da idéia de ser traído, cedo ou tarde, e cheio de censuras aos objetos de sua busca amorosa, ele não consegue separar-se destes, no entanto. Sofre, mas não rompe, sempre à espera de dias melhores.

Seu ciúme o mantém em suspenso. Que espera ele? Às vezes, nem ele mesmo sabe, e acaba lamentando quando não há mais nenhum objeto para alimentar sua desconfiança. Preso ao enigma de um fatal infortúnio amoroso, surpreendido nas profundezas de seu ser, ele fica na expectativa, aguardando que um outro venha livrá-lo de seu calvário, enraivecendo-se com os obstáculos que distanciam perpetuamente essa perspectiva. Incompreendido, invoca a vilania de um rival ou, de maneira mais surda, a perfídia do ser amado. Amar um ciumento nunca deixa de trazer certos riscos...

Ficaríamos menos perplexos com os laços amorosos tecidos por esses ciumentos (que fazem seus melhores amigos perderem seu latim), se considerássemos que o ciúme, para eles, é uma verdadeira "droga". Às vezes, quando eles conseguem fazer com que seu vício seja compartilhado pelos amantes, o ciúme chega até a se tornar o cimento da união. Não foi assim com o herói do filme de François Truffaut, *O homem que amava as mulheres*, que, a propósito de sua ligação com uma mulher loucamente ciumenta, e que por pouco não o matara, confidenciou que era ela aquela com quem menos se havia entediado? A inquietação do ciumento também parece ter algumas virtudes: pelo menos, a pessoa amada por ele não corre o risco de se sentir esquecida...

Outros (seus irmãos?) preferem romper uma ligação assim que uma nova aventura se perfila no horizonte. Seriam eles, simultaneamente, volúveis e ciumentos? Essa incompatibilidade é apenas aparente. Eles recomeçam a sofrer de ciúme tão logo a nova relação se inicia: se são volúveis no amor, mantêm-se fiéis no ciúme, e mostram-se tão incapazes de amar quanto de não serem ciumentos. Fundir-se num mesmo todo com o amado ou a amada do momento, de quem não devem ser separados sob nenhum pretexto, é a meta dos vínculos que eles constroem. A ofegante intensidade fusional e a brutal indiferença são seu destino. Amar assume, nessas condições, o ar de uma verdadeira façanha, pela qual o ciumento exerce sua violência sobre o outro, a fim de dar a si mesmo a ilusão de viver e de existir. Seus ciúmes successivos são máquinas para triturar todas as ligações; eles não conhecem a tristeza desencadeada pelo fim de um amor, pois já partiram para outro lugar, rumo a outros ciúmes.

Sentimento humano comum, o ciúme nos deixa em estados extraordinários. Pensemos por um instante no ciúme "normal" e no que ele contém em germe de ciúme "anormal", de sofrimento ansioso e insano ante a idéia de perder a pessoa amada; avançaríamos um passo se aceitássemos incluí-lo na categoria de uma de nossas desrazões mais cotidianas e mais corriqueiras.

Estranhas paixões

O ciúme deixa "fora de si" aquele ou aquela que dele padece. A pessoa não se reconhece mais, não compreende o que esse sentimento lhe revela de sua relação consigo mesma e com o erotismo.

Charles acabara de conhecer alguém. Estava feliz, não havia nuvens em seu relacionamento. No entanto, toda noite, aproveitando a proximidade da vizinhança, vigiava a janela da namorada. Essa atividade o absorvia numa contemplação dolorosa, mas ele não conseguia impedir-se de repetir cotidianamente. De forma sub-reptícia, queria apoderar-se de um saber sobre a amada: "Quando sei onde ela está, e sei que não está fazendo besteiras, fico tranqüilo", dizia, sem conseguir precisar que "besteiras" temia por parte da mulher amada (embora acabasse confessando que pensava em alguma aventura com um homem).

Localizada, essa mulher podia tornar-se, imaginariamente, objeto de sua posse. Ficar em condições de espiá-la a todo momento por aquela janela, sem ser visto, bastava para apaziguá-lo. A janela estava sempre no mesmo lugar, como uma mulher que comparece fielmente a um encontro; Charles lhe lançava uma olhadela furtiva ao chegar em casa e, pronto, ficava satisfeito. Mas bastava a janela estar escurecida, impedindo-o de ver o que quer que fosse, para que, de cúmplice indulgente, essa abertura suspeita se transmudasse num instante em inimiga temível. Uma angústia profunda apoderava-se dele, deixando-o aterrorizado por não poder adivinhar as ocupações da amada. Ser excluído da cena em que ela se encontrava lhe era insuportável: "É um horror", confidenciou-me, louco de ciúme e de interrogações. A essa inquietação, paradoxalmente, se misturava uma forma de excitação que o deixava envergonhado. O ciúme, muitas vezes, parecia provocar uma excitação que supria um erotismo triste e desvirtuado. Escravizado a uma janela, Charles sentia-se "emboscado por ela, por seu ciúme", mais inebriante do que a própria vida.

Por que seu olhar tinha de se manter dissimulado? Que buscava ele com os olhos na moldura de uma janela? Porventura esperava que um ser vivo aparecesse nela durante a noite?

O ciúme faz voar pelos ares as falsas aparências. Nessas condições, não surpreende que apareça de improviso, no momento em que menos se espera. Em suas garras, tudo se desestabiliza num instante.

As aparências voam pelos ares

Quanto mais nossos laços amorosos se fundamentam em falsos apegos ou em construções falaciosas, mais o ciúme, como um revelador fotográfico, faz transparecer seus pontos fracos.

Maryse havia feito uma espécie de pacto com o parceiro: ela seria infiel e ele toleraria isso. Dividida entre um vínculo duradouro e aventuras passageiras, a vida dela desenrolava-se serenamente. Até o momento em que o companheiro de todos os dias, a quem, em seu foro íntimo, ela tratava com descaso, se não com certa condescendência, passou a também tomar gosto pelas alegrias da inconstância. Maryse soube que ele tinha uma amante. Atordoada com essa novidade, sentiu-se "enganada, traída" e, esquecida de suas próprias infidelidades, queixou-se amargamente:

Ela, que até então fora volúvel sem que isso lhe provocasse o menor sentimento, não compreendia mais o que lhe estava acontecendo. O companheiro, antes negligenciado, voltou ao cerne de suas preocupações: ela já não sabia o que inventar para reconquistá-lo. Que havia acontecido para que esse homem recuperasse seu *status* de objeto precioso, essencial, indispensável à vida de Maryse, ele que até pouco tempo atrás não a preocupava? A mulher voltou a desejá-lo com o mesmo ardor dos primeiros encontros. Que temor, que desassossego teria o ciúme despertado nela, para que, num instante, o "coitadinho" que ela via com comiseração se transformasse em carrasco cruel e, ao mesmo tempo, em amante intensamente desejável?

A pretexto de que o sofrimento dos ciumentos parece defasado ou até desvinculado da realidade, muitas vezes sua intensidade é mal apreciada. Cabe ao psicanalista apreender suas causas, em vez de negar seus tormentos: o ciúme não está ligado apenas à perda efetiva daquele ou daquela a quem se ama, porém antecipa essa perda. E assim se confirma a total insegurança que corrói os ciumentos.

Antes mesmo que uma ligação amorosa lhes forneça algo com que alimentar suas suspeitas, eles já estão enciumados. Assim, Jeanne, que era indiferente e infiel enquanto não amava, descobria-se subitamente afetada por essa doença a partir do momento em que se apaixonava. "Chega até a ser o sinal de que estou amando", assegurava-me. "Quando sinto um vazio no estômago, quando minhas pernas não conseguem mais me sustentar ao pensar nele e quando me sinto devorada pelo ciúme, aí é certo: estou apaixonada, até inebriada." Para ela, existia uma equivalência incontestável entre o estado amoroso e o ciúme, sem que fosse realmente possível discernir qual desses sentimentos desencadeava o outro.

Ciumentos e ciumentas

Uma "gelosia"*, no sentido arquitetônico, designa uma pequena veneziana por onde se pode espiar furtivamente. Encontramos inúmeras variações desse tipo de janela na Andaluzia, assim como em certos países do Oriente. As mulheres não têm o direito de serem vistas por outros homens, senão por aqueles a quem "pertencem", nem o de fitá-los abertamente. O olhar, portanto, é o lugar de um jogo de poder. Aquele que não é visto pertence à categoria dos dominados, enquanto aquele que é livre em seu olhar é livre em seu desejo. No ciúme, aquele que sofre se sente privado de qualquer olhar: não é visto, as pessoas olham para outro lugar. O ciumento já não se sente com o direito de ter um olhar vivo que lhe seja próprio; ele nada vê, porque não o olham mais. Não passa de um prisioneiro, girando em círculos na cela de sua paixão.

Como as mulheres falam com mais facilidade de seu ciúme e de seus sofrimentos, houve quem pensasse que os homens não se descobriam na mesma situação que elas. Mas a experiência mostra que o ciúme não é apanágio feminino. Os meios utilizados como defesa contra as angústias intensas do ciúme é que, estes sim, são múltiplos e variados, mais comumente utilizados por uns ou por outros, mais ou menos ruidosos e visíveis.

Se certos homens costumam mostrar-se abatidos e desorientados quando uma mulher os deixa por outro, alguns só confessam a seus amigos íntimos (ou a seu analista) o quanto são devorados pela angústia, pelo ciúme e pela raiva. O ciumento se mede pelo padrão de "quem é homem" e "quem não é"; a virilidade, no sentido da palavra *vir* [varão], implica, com efeito, um dever ser, uma *virtus* [virtude] que tem de ser validada perante os outros homens, ao menos implicitamente. A manifestação do ciúme sofre a censura de certos códigos masculi-

....
* Vale lembrar que "ciúme" e "gelosia" são designados, em francês, pelo mesmo termo: *jalousie*. (N. T.)

nos vigentes (muitas vezes, trata-se de códigos de "honra"); ele se exterioriza de maneiras diversas, conforme o caso, sem que o intenso sofrimento que provoca jamais seja reduzido.

As estratégias de defesa diante da angústia que oprime quem se descobre abandonado são múltiplas, mas a ferida acarretada pelo desprezo atribuído àquele que vai embora é, para homens e mulheres, o que pode haver de mais vergonhoso e doloroso. Quando a pessoa que parte manifesta uma indiferença exagerada, é muito difícil, para o abandonado, não mergulhar num ciúme deteriorante. Paradoxalmente, o desprezo que o sujeito acredita suscitar ainda é um modo de manter o vínculo. O abandonado não se imagina afastado das preocupações daquele que, até pouco antes, parecia amá-lo; prefere achar que foi deixado em razão de algum defeito. O ciúme vem alojar-se nesse espaço do desprezo, enrosca-se aí, desnorteia aquele que é sua presa; torna-se uma destruição deliciosa.

Encantos muito venenosos

O ciúme, portanto, só se desencadeia na medida de o sentimento – um sentimento que o enciumado experimenta – ser indigno de amor e de saudade; surge como uma dor que se equivoca de objeto. O ciumento ou ciumenta não pára de temer que a pessoa eleita seja sensível a encantos dos quais só ele(a) não teria a fórmula. Uma se interessa subitamente pela moda, porque sua rival trabalha nessa área; outro confessa imaginar que os homens preferidos por sua amada são sempre dotados de uma "graça" sobre a qual ele nada sabe dizer, exceto que não a possui. "Eu sou feio, de uma feiúra marcante! Meu sexo também é feio! Como é que uma mulher pode gostar disso? Não admira que a Clarisse pense em me deixar. Fico à espreita do momento em que isso vai acontecer, em que ela conhecerá outro, evidentemente mais bonito. Vivo permanentemente louco de ciúme e, quando não estou assim, fico arrasado de abatimento e nojo de mim mesmo..."

Foi desse modo que Jacques falou de si mesmo: nele, a feiúra e o ciúme caminhavam de mãos dadas, um justificando o outro, "desde que eu nasci". Assim, sua certeza buscava incessantemente uma confirmação minha. Para ele, como para muitos ciumentos de ambos os sexos, o ciúme era uma obviedade, porque estava ligado ao sentimento de não ter o encanto de que todos os "outros" dispunham "naturalmente".

O trabalho do psicanalista é não acatar ao pé da letra as queixas do analisando e lhe apontar perguntas de uma forma que lhe permita remontar às origens de seu ciúme. Como é que sua mãe amou o menino que ele foi, desde sua chegada ao mundo? O pai deu-lhe apoio ou o abandonou, sem lhe dar a possibilidade de sentir qualquer orgulho? Ele pôde buscar ajuda com irmãos e irmãs? Cercou-se dessa preciosa família adotiva que são os colegas e os amigos? Em todo caso, por que ele não buscou, fora da posição de vítima, a solução para suas verdadeiras feridas?

De maneira simétrica, a ciumenta sente-se dolorosamente despojada de sua feminilidade em prol de qualquer outra mulher vista como "desejável" – e, por isso mesmo e a partir daí, considerada uma verdadeira mulher. Quando se fala em sua presença de uma desconhecida que, por exemplo, exerce a mesma profissão que ela, aquela se metamorfoseia, de imediato, numa concorrente mais bem dotada e talentosa que ela; a ciumenta não é mais nada e desmorona diante da rival. Inversamente, quando, em sua presença, se fala dos sucessos profissionais de um homem, ela se sente menos atacada, o que prova que, na origem de seu ciúme, o que é atingido é seu amor-próprio "como mulher".

Inquietos, tanto os ciumentos quanto as ciumentas duvidam incansavelmente de sua beleza, seu encanto e seu valor como homens e mulheres. Depois de perguntar se era melhor amante do que todos os seus rivais, passados, presentes e futuros, Paul não se recuperou da hesitação ínfima que julgou detectar na resposta da amada, sem considerar nem por um instante que a pergunta formulada por ele continha o veredicto que ele tremia de medo de ouvir. A distinção entre o mesmo e o outro está no centro do ciúme amoroso: com efeito, os ciumentos, homens e mulheres, são perpetuamente acossados pela imagem de um rival do mesmo sexo, sempre adornado por eles com atributos que lhes faltam. Porventura os ciumentos não procuram "fundir-se" com aqueles a quem amam, a fim de poderem possuir só para si esses "seres fugidios" que os amantes representam a seus olhos? O ciumento nos indica que sua "doença" tem origem numa perda que ele não consegue expressar em palavras nem imaginar. Naquele a quem atormenta com seu amor, ele procura um bem que perdeu; enquanto o indizível sofrimento decorrente disso não for situado, ele não parará de temer as infidelidades futuras.

Por isso, perdido em suas incertezas, o ciumento nunca está longe de crer que os amantes e os rivais estão mancomunados para fazê-lo sofrer.

Deixar alguém enciumado

Acaso os ciumentos não têm absoluta certeza de que a pessoa amada sente um prazer perverso em deixá-los com ciúme, embora, muitas vezes, não seja nada disso?

A partir do momento em que os dois se viam na companhia de terceiros, o namorado de Cécile parava de se dirigir a ela e entabulava conversas intermináveis com outras mulheres. Isso a deixava "louca" de ciúme, dizia a moça, amargurada, e nessas ocasiões ela se sentia "naufragar, não existir mais, desmoronar por completo". Era isso que se tinha o direito de esperar de um homem quando se é mulher, perguntava-me ela, pronta para acabar com o romance. Se é verdade que o ciúme torna a pessoa "inteligente" demais, próxima demais do amado, e se também é inegável que o ciumento quase não se engana quanto aos instantes transitórios de desamor que são próprios de toda relação, onde pode residir seu erro? Se ele se engana, é na medida em que quer acreditar que a ligeira desafeição que detecta é forçosamente irremediável ou dirigida a ele. Enlouquecido, ele não consegue tolerar o menor rasgo no perfeito envoltório de amor com que quer se cercar. Uma ciumenta sente-se "esfolada viva" a cada separação, outro não suporta ser impedido de estar a todo momento com a mulher amada, e um terceiro não tolera que a amante tenha uma atividade da qual ele se sinta excluído. Ora, ninguém está em condições de satisfazer tamanha voracidade: todo mundo, mais cedo ou mais tarde, volta-se para seus próprios pensamentos. Mas esse pensar em si mesmo é uma ofensa para os ciumentos – ofensa que se esclarece quando buscamos com eles o verdadeiro envoltório que lhes faz falta.

Com efeito, como é que Cécile, segura das convicções ditadas por seu ciúme, podia considerar que, se seu amado gostava de seduzir "a torto e a direito" todas as mulheres que se encontravam em sua presença, nem por isso seu amor por ela era questionado por essa postura? Sabemos como o olhar é importante na angústia enciumada dos que sempre se imaginam ameaçados de serem excluídos pelo outro. Quando julgava perder a atenção do amante, Cécile perdia tudo, mas esse desmoronamento se prendia a fragilidades que eram próprias dela, e das quais ela não fazia nenhuma idéia. Na verdade, Cécile era joguete de um ciúme muito mais zombeteiro e temível que do amante de quem se queixava.

Você, meu rival, meu irmão

Muitos ciumentos de ambos os sexos confessam que se entediam nos relacionamentos muito tranqüilos. O ciúme lhes faz falta. Quando, à força de insistência, eles atingem seus objetivos, é comum seu desejo silenciar. Torturados enquanto temem uma infidelidade, eles vêem o desejo extinguir-se quando ocorrem a satisfação e a conquista.

Sem dúvida, esse esquema é dos mais clássicos. Mas será que nossos ciúmes não nos revelariam, vez por outra, que o rival, para eles, é um esteio indispensável do desejo? Ao contrário do que se costuma supor, o ciumento odeia seus rivais, mas nem por isso deixa de se sentir menos infeliz quando os perde. As competições esportivas são um testemunho disso: quando os esforços de um são orientados para vencer tal ou tal rival, uma vez derrotado este, a graça da competição parece abandonar o feliz vencedor. Este último venceu depressa demais, com demasiada facilidade, hão de supor. Não, como todo ciumento, o adversário espera encontrar um "irmão" em seu rival, e é por não conseguir fazê-lo que sofre. "Onde está você, meu irmão, meu outro eu?" – é assim que ele parece dirigir-se, tristemente, ao concorrente afastado. Destronar, eliminar ou até matar o rival parece ser o desejo do ciumento; mas será realmente isso que ele quer?

Na verdade, temos boas condições de destacar que o rival é tanto mais causador de ciúme quanto mais se assemelha ao ciumento, como se fosse um irmão; é odiado por ser amado demais. Imagem do irmão, do duplo, essa rivalidade nos leva à complexidade dos laços que unem a criança a sua mãe, sem dúvida, mas também a seus irmãos e irmãs, a tal ponto ela questiona, como todo ciumento, o lugar que ocupa para a pessoa amada. Desalojado de um lugar do qual espera a restauração, e não a consideração de seus limites, o ciumento quer fundir-se com o objeto de sua paixão e exige, eternamente nostálgico, que "o envoltório volte a ser perfeito". Ele quer esquecer que há na origem de seu ciúme a estranheza inquietante do confronto com um outro diferente dele e, ao mesmo tempo, igual a ele.

Assim, o ciumento fica num impasse, à espera de que alguém o liberte. Seu aparente domínio dos imprevistos do coração dissimula uma fragilidade muito distante de qualquer certeza tranqüilizadora. Apesar de suas perpétuas antecipações e de suas eternas suspeitas, os ciumentos, na realidade, ficam completamente sem recursos. Crispados, inquietos, corroídos pela insegurança que toda ligação desperta, infalivelmente, às vezes eles preferem renunciar a um amor a suportar seus tormentos.

Exilados de si mesmos, com a linguagem infantil congelada por uma angústia intolerável, eles contemplam tristemente os outros, invejosos por ver neles impulsos afetivos menos amordaçados que os seus. Quando a arte do psicanalista devolve aos ciumentos sua linguagem amorosa da infância, despreocupada e livre, porventura não torna a deixá-los aptos para o amor?

Capítulo I
O estranho apelo do ciúme

Cléa chegou à análise por uma razão urgente e banal: acabara de ter um encontro amoroso e, embora não houvesse nada passível de inquietá-la no diálogo que vinha mantendo com o novo namorado, ela se sentia tomada pelo pânico. Uma verdadeira crise de angústia apoderou-se dela e sugou-a para um abismo do qual não sabia como sair. Idéias que lhe pareciam "loucas" tomaram-na de assalto. Na verdade, Cléa estava dilacerada por um ciúme intenso, ainda mais doloroso na medida em que não conseguia compreender seu objeto. Primeira a ser surpreendida pelo que lhe estava acontecendo, a analisanda nos convidou a encontrá-la na estranha familiaridade do que percebia. Não era a primeira vez que sentia as garras desse "amo" ou dessa "doença"[1]. Até então, porém, havia revestido seu ciúme de justificativas aparentemente legítimas. Dessa vez, não havia nada parecido, e lhe fora impossível con-

----
1. Ver M. Proust, *À la recherche du temps perdu* (Paris, Gallimard, 1995), vol. IV, p. 225 [ed. bras.: *Em busca do tempo perdido*, vol. 1, *No caminho de Swann*, trad. Mario Quintana, São Paulo, Globo, 1993, p. 225]. O narrador descreve o nascimento do ciúme de Charles Swann por sua amante Odette de Crécy: "Viu-se obrigado a reconhecer que, naquele mesmo carro que o levava a Prévost, ele não era mais o mesmo e já não estava sozinho, pois um ser novo ali estava, aderido, amalgamado a ele, do qual não poderia talvez desembaraçar-se, e que seria preciso tratar com os cuidados que se tem para com um amo ou uma doença".

tinuar a mentir para si mesma: ela não podia imputar a ninguém, senão a ela própria, a irrupção de um ciúme imotivado.

Sem idéias preconcebidas, mas não sem perplexidade, tentei desenhar, para mim e para ela, a paisagem das sensações e dos pensamentos que haviam precedido a eclosão de seu ciúme. Com efeito, nada é mais esclarecedor que voltar aos prelúdios de um sofrimento. Aí podemos encontrar alguns indícios "significantes" que bordejam o espaço sem fundo do desastre que se anuncia.

Assim, interroguei-a sobre as palavras, as idéias e as imagens que tinham precedido o surgimento de seu pânico ansioso.

– Quase desmaiei de dor – ela me explicou – quando ele sussurrou no meu ouvido: "Você nunca saberá o quanto eu a teria amado"*. Veja como sou sensível à gramática! – acrescentou, não sem certa ironia na voz. – Meu ciúme veio de um simples uso do futuro do pretérito, naquele momento exato. É maluquice, não? Não consegui mais agüentar, não pude mais ficar na presença dele, como se tivesse sido repelida por um ímã potente.

Um universo de suposições a respeito daquele ou daquela a quem essa frase seria dirigida se forjou nela num instante:

– Com quem ele falará de mim no passado? Quando eu tiver desaparecido de sua vida, a que mulher ele dirá essas palavras? – interrogava-se Cléa, ansiosamente, em seu foro íntimo. Seu ciúme desencadeou-se diante de "uma" rival hipotética do futuro, que caçoava dela como se já estivesse cruelmente presente.

A partir dessa frase fatídica, Cléa foi atormentada por um ciúme muito conhecido:

– Vivo na expectativa apavorante de um "encontro" que ele possa ter, como em meus antigos relacionamentos. O futuro parece-me cheio de armadilhas. Tenho medo de qualquer mulher, porque todas são passíveis, a todo instante, de seduzi-lo e afastá-lo de mim. É um inferno!

....
* A formulação equivalente em português seria, em linguagem mais corriqueira, "você nunca saberá o quanto a amei"; preservou-se aqui uma construção mais "francesa" para não obscurecer o sentido das observações subseqüentes da autora sobre os tempos verbais. (N. T.)

Pressentindo que estava prestes a chegar a uma espécie de "fundo" no ciúme, Cléa pediu minha ajuda. O que experimentava era confuso, impossível de exprimir. Ela queria fugir com o amado para uma ilha deserta, para evitar as inevitáveis criaturas femininas que, embora comumente povoassem as terras habitadas, não deixavam de lhe oferecer uma oportunidade de encontro e, ao mesmo tempo, também pensava em deixá-lo, por sentir que não poderia dissimular por muito mais tempo a intensidade de sua agitação. Só a amplitude de sua angústia a devolvia à razão, mostrando-lhe, dessa vez, o caráter irracional de seu ciúme.

– Eu o amo e, por causa desse ciúme que continua a me assaltar, estou serrando o galho em que me sentei – acrescentou Cléa, lúcida e em desespero.

Esse abismo sem nome

Essas idéias dolorosas a impediam de desfrutar o encontro amoroso nascente. Desde o momento em que seu ser vacilou de angústia nos braços do amado, ela foi devorada pelo ciúme. Quando o rapaz se aproximava de uma mulher, ou "ficava no mesmo cômodo que outra", todo o apoio parecia abandoná-la, e era como se o chão desaparecesse sob seus pés. Cléa já não era "sustentada" por suas pernas. Nada mais fazia sentido. Era como se ela "sumisse", afirmou. Nesses momentos, Cléa sentia-se afundar. Em vão tentava sobreviver, manter um simulacro de conversa com o interlocutor do momento, mas sua cabeça estava em outro lugar.

A acreditarmos nos ciumentos de ambos os sexos, o pânico que eles sentem seria uma conseqüência de suas suspeitas. Mas, como o ciúme surgia *depois* da crise, Cléa nos fez avaliar a que ponto era a angústia[2] que suscitava as dúvidas, e não o in-

....
2. S. Freud, *Inhibition, symptôme, angoisse* (Paris, PUF, 1971), "Expression d'un désarroi", p. 61 [ed. bras.: *Inibições, sintomas e ansiedade*, Edição Standard Brasileira das Obras Psicológicas Completas de Sigmund Freud (ESB), Rio de Janeiro, Imago, 1975, vol. XX]. A angústia assinala que já não há nenhuma distância (nenhum

verso. Assim, quando se pergunta se a angústia é a causa ou a conseqüência do ciúme, convém responder que ela é, antes de mais nada, sua expressão. O ciúme atesta um desvario perante o qual as suspeitas do ciumento parecem ser uma "racionalização", uma "roupagem" do movimento de pavor que o suscita. Mas, que chaves fornecem essas máscaras? Subitamente aspirada por um outro espaço-tempo, essa mulher já não sabia como retornar a seu "presente".

Era como se Cléa pudesse "desmaiar, cair no chão" de dor, dizia ela, usando expressões metafóricas de um apoio simbólico que, ao se furtar, deixa o sujeito "prostrado". Os vínculos amorosos fragilizam porque o indivíduo deposita neles suas antigas esperanças, e todos buscam neles a reparação de feridas invisíveis. Pode-se apostar que Cléa recebia na mensagem desse homem um sinal confuso: "Como é que, no exato momento em que diz que me ama, ele pode falar como se já não estivéssemos juntos?", espantava-se ela. Os tempos confundiam-se, assim como as mensagens. Presença e ausência eram enunciadas como se fossem a mesma coisa. Ali onde se esperaria uma mensagem clara, surgia a duplicidade das palavras.

A confusão dos sentimentos

Cléa oscilava ansiosamente entre o desejo e a angústia. Tinha tão pouca possibilidade de decidir entre a certeza de ser amada e a de ser abandonada quanto entre a de estar presente ou ausente de si mesma. Não admira que fosse "tão sensível à gramática": independentemente do sentido das palavras, a sintaxe indicava os dispositivos temporais e espaciais que determinavam a posição do sujeito. O entrelaçamento de passado e futuro que caracteriza o futuro do pretérito situava o enunciador num ponto "avançado", não mais compartilhan-

....
recalcamento) a separar o sujeito de uma espécie de caos interno aterrorizante, e Freud acrescenta: "A angústia está incontestavelmente relacionada com a espera, é medo de alguma coisa; tem como características intrínsecas a indeterminação e a ausência de objeto" (p. 94).

do o instante presente com aquela a quem se destinava a mensagem. Assim, o ciúme surgiu de palavras simples, nas quais o abandono era a um tempo afirmado e negado. Ao se apropriar de um futuro tornado "pretérito" e, com isso, do destino do vínculo amoroso que os unia, o namorado afirmava sua ausência, no mesmo lugar em que se dizia presente. Na intimidade do ato sexual, o futuro do pretérito, assim utilizado, assumia o sentido de uma morte anunciada. E nossa apaixonada o recebeu como uma punhalada. Cléa já não sabia quem era, se a mulher amada no presente ou a mulher esquecida do futuro. Já não sabia quem era seu amado, se o homem que lhe jurava amor ou aquele que, separado dela, se dirigia a outra mulher. No momento em que se julgava em segurança no ato sexual, ela se descobria alheada de si mesma e "impelida para a angústia"[3]. As palavras já não lhe serviam para atá-la ao que ela era. Provocando-lhe literalmente uma vertigem, deixavam-na incapaz de situar o enunciado e sua formulação paradoxal. As palavras do amante, inclusive o uso do futuro do pretérito, poderiam ser interpretadas como uma tentativa inábil de dominar a insegurança de toda relação, ou como sinal de uma ambivalência inconsciente. Nesse caso, Cléa poderia encontrar nelas razões para se enfurecer, ou para imputar ao amante uma eventual má-fé. Tendo perdido toda a faculdade de reagir, ela se descobria imobilizada e sem recursos.

Diante da perda do sentimento de si, torna-se impossível identificar de onde vem uma agressão, avaliá-la e defender-se dela. Na origem da metamorfose do amado e da rival hipotética em figuras grandiosas e esmagadoras, a destituição subjetiva sofrida por Cléa conferia às palavras deles e a seus atos o peso de um veredicto acachapante, que duplicava sua angústia. O ciúme é uma tortura que se alimenta das mínimas palavras e as deturpa em seu proveito. Em suas garras, a polis-

....
3. J. Lacan, *Le séminaire, livre X, L'angoisse* (Paris, Seuil, 2004), p. 104 [*O seminário*, livro 10, *A angústia*, trad. Vera Ribeiro, Rio de Janeiro, Jorge Zahar, 2005].

semia e a ambigüidade da linguagem transformam-se numa profusão de provas convincentes para instruir o processo contra o ser amado, obviamente comprovando sua culpa. Por trás da tela do ciúme esconde-se a violência de um pavor radical, que deixa o sujeito indefeso. Desse ponto em diante, incapaz de recorrer às palavras, o sujeito parece tornar-se um joguete delas. No caso de Cléa, o uso que o namorado fez de figuras de retórica ambivalentes inegavelmente a agrediu. A reação da analisanda, no entanto, revelou sobretudo a fragilidade de seus recursos para reagir ao leve desamor que ela julgou detectar. Por uma fatal "concordância de tempos", já não lhe foi possível distinguir o presente, no qual o amado lhe falava, do tempo totalmente diferente a que a angústia, lembrança de uma aniquilação do "eu"[4], a convocava e remetia. Como é que essa moça, tão sensível a tais nuances gramaticais, poderia, para se proteger, deixar de identificar a ambigüidade surda que as habitava? Inteligente em outras ocasiões, ela se descobriu, nesse diálogo, totalmente indefesa, e sentiu que se tornava "burra e débil".

Por outro lado, acaso ela não achava que o amado, através dessa formulação, parecia "isento de qualquer sofrimento, imperturbável", e que a "olhava de cima ou de longe", ao dizer: "Você nunca saberá o quanto eu a teria amado", como se já desdenhasse dela? E, com isso, desenhou-se outra faceta de seu ciúme: o eleito pelo ciúme foi colocado fora de alcance, tornando-se tão inacessível quanto incompreensível.

Fora do alcance

A crise de angústia abriu um abismo entre Cléa e o namorado, como se este houvesse deixado de pertencer à mesma "espécie". Ela parou de vê-lo tal como era: a seus olhos, o homem assumiu ares grandiosos e metamorfoseou-se num ser profundamente cruel. A partir daí, alimentando rumina-

----
4. S. Freud, op. cit., p. 9: "O eu é realmente a sede da angústia".

ções infindáveis sobre o sentido desta ou daquela expressão, a ciumenta, como uma pessoa esfaimada, passou a revirar cada palavra, em todos os seus sentidos, para descobrir alguma mensagem secreta cuja chave fosse seu dever revelar.

Nessas condições, as palavras do amante adquiriram a significação de uma previsão indecifrável, que levou nossa ciumenta a se interrogar durante horas sobre a maneira de "se comportar bem", para não desagradá-lo; os ditos desse homem pareciam sair da boca de um oráculo que proferisse ordens esmagadoras e impossíveis de cumprir. O ciumento é alvo permanente de batalhas internas, tão exaustivas quanto estéreis, nas quais ele se vê, acima de tudo, em luta com seus próprios demônios. Enquanto uma mulher acredita, por exemplo, que sua rival "sabe" satisfazer melhor do que ela as exigências de seu amante, transformado num deus mais "zeloso" de seu poder que o Deus da Bíblia, um homem pensa que seu rival é dotado de um encanto misterioso que só ele possui. Tanto um quanto outro se esquecem de que só eles são capazes de dotar os rivais de tantos atrativos.

Cléa já não podia desconhecer o quanto se despojava de seus privilégios femininos em prol de um fantasma sem consistência. Ao se apagar diante de qualquer outra mulher, ela teve de se render à evidência: sua rival não existia.

Ao se mostrar tão "sensível" à gramática, foi à gramática das distâncias ínfimas no seio do ato amoroso que Cléa nos convidou; assim, fez-nos aceder à menina que havia nela, outrora desnorteada e desorientada diante de seus próprios impulsos amorosos. Teria ela sido expulsa do país da infância, de sua violência amorosa e livre? Nessas condições, era compreensível que fosse "tão sensível" à gramática de exclusão trazida pelos futuros do pretérito.

De modo quase infalível, todo ciumento se revela "possuído" por essa fatalidade da linguagem. É nisso que, muitas vezes, o ciúme parece roçar na loucura, assim nos relembrando que em seu fundo jaz um pavor abissal, do qual a excitação passional é apenas a máscara. Os ciumentos sempre parecem, como Cléa, dolorosamente colocados "fora" de si, "em suspenso", à espera de serem entendidos. Para que essa jovem reatasse os laços consigo mesma, era preciso escutar sua "língua da infância", expressão que designa em todo sujeito seus impulsos amorosos, seus apelos ao reconhecimento, mas também a violência necessária a cada um para se libertar dos apegos alienantes.

Paisagem de ruínas

Para recompor os fios do tecido psíquico danificado, convém deixar que venham do próprio lugar da criança, em sua linguagem pessoal, as razões do desastre. Assim, o psicanalista precisa de toda a sua habilidade para conseguir se colocar na "pele infantil" do paciente, imaginá-la e descobrir as palavras que lhe faltaram. Em vez de me deixar desvirtuar pelas idas e vindas das conjecturas a que o ciúme de Cléa nos arrastava, segui o curso de minhas perguntas sobre as sensações confusas de imantação e rejeição que ela havia experimentado no auge da angústia, imediatamente antes de sua aflição metamorfosear-se em suspeitas.

– Quando eu estava prestes a desmoronar – acrescentou ela então –, voltou-me à lembrança uma imagem que costumava me perseguir em minhas insônias. Numa cidade devastada por uma guerra ou um bombardeio, um cachorro vadio, mirrado e faminto, andava ao longo da fachada de um prédio em ruínas, meio desmoronado, que reluzia estranhamente na noite. Sei que esse cão vadio e descarnado sou eu, quando estou infeliz.

Infeliz como um cão.

Essa imagem, nascida na fronteira entre o sonho e o devaneio, parecia condensar diversos elementos importantes. No entrecruzamento de numerosas pistas, ela nos pôs em contato com um antigo desamparo (o vagar solitário do animal na noite), com antigas tentativas da criança de dar sentido a sua aflição (o animal descarnado e "faminto") e com seu desejo de cuidar de si ("eu, quando estou infeliz"). Embora Cléa parecesse fazer o cálculo das forças psíquicas presentes como se fossem tropas antes da batalha, essas imagens reapareciam de forma recorrente, como um pedido de socorro e um testemunho. Adotei a postura de escutar nesse relato uma mensagem proveniente da Cléa faminta, dirigida à Cléa ciumenta, a fim de esclarecê-la. Seu pedido não podia passar despercebido nem me dispensar de decifrá-lo com ela.

Nesse devaneio, alguns elementos de seu passado (guerras e bombardeios) se associavam à situação atual (alguma coisa em seu parceiro), em torno de uma pergunta que não seria formulável[5] de outra maneira. Assombrando suas insônias, no limiar de seu mundo onírico, esse enigma permanecia à porta de seu sono, impregnando com uma ansiedade infindável as inquietações de suas crises de ciúme.

A "fachada reluzente" me fez pensar nas "faces" ou nos rostos perscrutados por toda criança nas "fachadas" daqueles que a cercam. Acaso Cléa não examinava o namorado com olhos e ouvidos despertados pela relação amorosa, como seriam os de um bebê atento? Deixei que se formassem em mim as imagens que ela havia sugerido de si mesma, e que tinham surgido no momento da crise de angústia que estava na origem de seu ciúme: o cachorro esquálido e ela, bebê e desnorteada, perdida num universo de "fachadas" desoladas, devastadas por "uma guerra ou um bombardeio". A palavra que designava essa luz estranha e noturna, "brilhar" ou "reluzir" – que também significa "fazer gozar", na gíria [francesa] –, sugeria que as "fachadas" haviam sido "reluzentes" ou "regozijantes" por um momento, antes de surgirem em ruínas na noite despedaçada de suas insônias, como as falhas precoces do ser que persistem na idade adulta.

Teria a criança participado secretamente das fisionomias "reluzentes e regozijantes" do pai e da mãe, como seu apeti-

••••••••••
5. Essa pergunta impossível de formular, a não ser pelos meios de representação fornecidos pelo sonho, era o "desejo" do sonho; o sonho, portanto, era uma das formas do desejo de construir o espaço do sentido diante do contra-senso provocador do caos. O devaneio de Cléa situava-se à beira do sonho; havia nela um desejo de sonho que não conseguia realizar-se.

te amoroso podia levar a crer? Não teria sido também atravessada pelas "guerras" entre os dois, como sugeria o abismo de sofrimento despertado pela inabilidade gramatical do namorado? Os bombardeios, por sua vez, pareciam rugir como vozes furiosas e encolerizadas, ao mesmo tempo enigmáticas e apavorantes. Tentei situar o choque entre duas línguas, a da criança e a do adulto, cuja linha divisória as palavras "guerra" e "bombardeio" faziam ouvir.

Sem dúvida, apontei-lhe, ela teria percebido algo no "rosto" do amado que havia repercutido como um eco no duplo sentido das palavras dele. Continuei a interrogá-la sobre as guerras íntimas e coletivas de seus pais, pontos de encontro entre a história adulta e a infantil, a dela e a de seus pais. Que conflito poderia ter sido a causa daquelas ruínas, dos rostos-fachadas que ela fitava de olhos arregalados, ávida por compreender qual era seu lugar naquilo tudo? Por trás de todos os seus sonhos de amor e de ciúme, era essa a interrogação que parecia repetir-se de maneira insistente.

As fachadas do segredo

Visivelmente espantada com minhas perguntas, Cléa começou a evocar as "guerras" familiares. Não apenas aquela em que seu pai havia desaparecido, mas também a que os pais haviam travado entre si antes do desencadear da guerra "de verdade". De fato, ela sabia que a mãe havia sido "enganada" pelo pai, por razões tão obscuras quanto repentinas. Depois viera a guerra, sem que nenhuma das esperanças de sua mãe se realizasse. A morte do marido viera completar o "desmoronamento" desesperado dessa mulher, que, a partir desse momento, nunca mais havia falado dele com a filha. Apesar desse silêncio carregado, que pesava como uma proibição, Cléa havia conservado algumas fotografias do pai, que no passado costumava examinar em segredo. Fachadas jubilosas da paixão amorosa do pai e da mãe, fachadas em ruínas quando eles saíam de suas brigas, fachada desmoronada da mãe tristonha e do pai subitamente desaparecido, "morto na guerra", de quem não mais se devia falar, "sob pena de morte", como havia pensado a menina: tudo isso desenhava a paisagem de suas interrogações infantis. Se elas continuavam a provocar insônias, angústias intensas e crises dolorosíssimas de ciúme, era porque a Cléa faminta, diante dos acontecimentos que se haviam mantido incompreensíveis para ela, havia silenciado e amordaçado dentro de si suas inquietações legítimas. Do mesmo modo, porventura o ciúme não a deixava "fora de si", lembrando-lhe o quanto ela era "faminta" de palavras e vínculos?

Condenada a permanecer "do lado de fora" da vida dos pais, a quem continuava ligada com todas as suas fibras, ela precisava, ao mesmo tempo, "serrar o galho" em que estava sentada (o pai morto) e continuar a amar a árvore que a sustentava (o pai e a mãe). O que se esperava dela equivalia a uma exigência impossível de satisfazer. A criança olha para o que se deixa ver (as fachadas), mas também fica à espreita do que não é dito, ou do que só é dito com meias palavras (o que se esconde por trás das fachadas). A imagem do cão passando pelas ruínas, faminto de palavras, evocava essas percepções imperfeitamente decifradas. O "rosto-fachada" do amado, associado a suas mensagens ambíguas, havia ressuscitado todas as interrogações sem resposta de Cléa. O uso fortuito do futuro do pretérito havia recordado as mensagens contraditórias que ela havia recebido: ver e não ver, saber e fingir não saber, estar e não estar presente. Seu ciúme a mantinha numa mesma situação de suspensão.

Sua mãe fechara-se num silêncio hostil, e a menina fora privada do tempo e do espaço de compartilhamento que o luto constitui; sua dor havia permanecido "real", não simbolizada. Cortada e isolada do mundo externo por trás de sua "fachada" destruída e muda, essa mãe havia deixado a filha "vagando" do lado de fora. Assim, sem ter podido transformar em algo de seu um movimento de fala que teria situado o pai morto no desejo da mãe, nem ter conhecido o impulso que a levava para ele, Cléa não pudera explorar a realidade de suas emoções. Por isso, esperava que o amado lhe desse acesso a essa parte dela mesma, o que tornava o terreno particularmente "sensível": o mais ínfimo desvio vocabular, nessas condições, podia cavar um abismo. O ciúme a levava a imaginar uma mulher a quem seu namorado se dirigiria depois de tê-la esquecido. A rival roubava-lhe uma feminilidade à espera de ser autenticada. E pensar nisso torturava a paciente.

"Faminta" das palavras de que a mãe a privara, Cléa ficara em suspenso entre o pai e a mãe, entre uma feminilidade ativa ou passiva, entre a língua da infância e a do adulto.

Seu ciúme atestava uma separação impossível entre o amor e a angústia. Ela oscilava entre, de um lado, o desejo de ser amada e reconhecida como mulher e, de outro, o pavor de que seu ímpeto amoroso fosse desmascarado. Seu ciúme indissolúvel exprimia com insistência algo que tinha de permanecer indizível e secreto.

Por trás da máscara carnavalesca

Uma construção de hipóteses erigida por um psicanalista só é pertinente quando faz reviver na memória do paciente fragmentos de lembranças que ajudem a preencher as omissões causadas pelos diversos recalcamentos, censuras, forclusões ou renegações. O tratamento psicanalítico restitui força e vida a todos os vestígios e significações de acontecimentos que foram vividos, mas permaneceram fixados sem alteração no psiquismo. Com isso, eles persistem sob a forma de enigmas perigosos. Enquanto o historiador, através do trabalho arquivístico, procura devolver a palavra aos mortos, a fim de ressuscitá-los, o psicanalista, no espaço da transferência, vai em busca das lembranças escondidas e cristalizadas nas palavras do paciente, a fim de "reativá-las".

Cléa respondeu a minhas hipóteses com um sonho.

— Um homem com quem cruzei na rua usava uma máscara de carnaval, parecida com as usadas em Veneza, dura, pequena, estreita, fechada. Uma espécie de bico assustador. Disseram-me que era de um papa do Renascimento. Eu tinha de fazer amor com ele. Tive a impressão de ser um bebê, embora fosse adulta no sonho; senti uma excitação sexual intensa e estranhamente desprovida de prazer. O papa (*"il papa"*, em italiano*) usava uma máscara dura e inquietante. As "fachadas" do devaneio anterior desenharam-se aí com mais precisão: um "bico" assustador desfigurava o rosto de um "papai", permitindo supor que a menina devia ter captado uma expressão indecifrável no rosto do pai. Ao restituir a vida a imagens angustiantes e até então indizíveis, o sonho trouxera de volta à lembrança uma figura assustadora: uma máscara carnavalesca fechada e incompreensível. Quanto à palavra "Renascimento", ela relembrou a Cléa a novidade da ligação amorosa. Todos esses elementos do sonho – o personagem inquietante, seu rosto fechado, o gozo sexual (que lembrava a luz "reluzente" das fachadas) – nos fizeram mergulhar num tempo do passado traumático em que pareciam se misturar e se confundir o pavor e o gozo. O segredo indizível havia enfim encontrado palavras e imagens; compartilhado com a analista, deixou de ser tão perigoso.

Cléa temia discernir no rosto do pai um sentimento inaceitável: alguma coisa "fechada" e "dura" como a máscara do "papa do Renascimento" de seu sonho. Provavelmente, um rosto assim teria significado, aos olhos da menina, castigo, punição e abandono. A frase do namorado, "você nunca saberá o quanto eu a teria amado", saíra inadvertidamente da boca de um mesmo rosto "duro". Como o rosto do pavor de Cléa, reavivara o antigo enigma que a havia desnorteado. No momento em que a morte lhe retirara o pai, este era um esteio essencial para limitar a absorção da menina na espiral do desmoronamento materno. Cléa votava a ele um amor irrestrito,

-----

* A semelhança entre *papa* e *père* (pai) não é tão clara na língua francesa quanto em português, daí a autora frisar o termo italiano original. (N. T.)

que se tornara inaceitável aos olhos da mãe. Quando um impulso de vida da criança é atingido por uma proibição, ele se transforma em pavor e angústia. Diante do imenso ódio sentido pelo amor que ela dedicava ao pai, e que se confundia com o desejo de viver, porventura Cléa não sentira culpa de experimentar esse impulso? Posteriormente, o ciúme e a culpa tinham-se associado para destruir suas relações amorosas, revelando a que ponto o medo de amar "um homem" estava na base disso. O trabalho da análise suspende esse tipo de proibição, desarticulando o pavor que ela encerra, e reabre o espaço do desejo de viver; nesse sentido, toda análise é também um "renascimento".

Para o pai de Cléa, o nascimento da filha também havia representado um "renascimento", naquele momento exato da vida do casal e do mundo. Sim, seu pai também fora infeliz, *à semelhança* dela, e não *por causa* dela. Cléa compreendeu que, para o pai e a mãe, seu nascimento havia sido um protesto de vida no bojo do perigo da guerra, em cuja aurora ela havia nascido. Seu ciúme respondia, portanto, a um apelo muito mais antigo do que a frase do namorado. Sem que ela o compreendesse, suas paixões amorosas sempre faziam ressurgir, em um ou outro momento, ruídos de guerras, estrondos das proibições de amar, bombardeios e confusão dos sentimentos, mas também a força do desejo de viver. A incitação do ciúme certamente embaralhava as lembranças, mas também nos punha em contato com forças inconscientes da infância que queriam desvencilhar-se do incomunicável.

Cléa não poderia fazer o luto do pai enquanto ele não voltasse a ocupar um lugar "vivo", em palavras que o arrancassem do silêncio em que a mãe o havia escondido. Porventura as fachadas reluzentes não deviam sua atração desesperadora ao fato de lembrarem à paciente o quanto, num tempo feliz, os rostos haviam brilhado de felicidade, antes de desmoronarem em ruínas? A perda que seu ciúme encobria, como uma tela, possuía uma dimensão nostálgica.

As areias movediças da lembrança

Em Cléa, as crises de raiva, provocadas pelas traições reais ou supostas dos parceiros, tentavam desenhar de forma duradoura os contornos do amor do pai por ela e dela pelo pai. Mas na areia do ciúme não se escreve nada; os traços desaparecem. O pavor apaga igualmente da memória aquilo de que se sofre. Cléa havia esquecido até mesmo a lembrança do rosto paterno.

Seu ciúme era, ao mesmo tempo, uma proibição de pensar no vínculo amoroso em seu lugar próprio e um apelo para arrancar essa preciosa ligação de sua ganga de proibições.

Ao sair do ciúme, o imenso amor que ela experimentara no passado pôde renascer, já sem angústia, finalmente desvinculado dos rostos perscrutados na realidade de sua vida amorosa. Até então, cada encontro significara para Cléa, ao menor recuo hipotético dos parceiros (qualquer que fosse a razão para isso), ao mesmo tempo o abandono e a proibição de se queixar.

Seu ciúme era uma dor devastadora, que destruía seus vínculos amorosos, mas era também o lembrete de uma dor de amor perdida, que não tivera direito de cidadania. A saída do ciúme veio da possibilidade de lhe ser restituído o direito de amar a um pai, um homem e também a si mesma como "apaixonada". Isso só foi possível ao se compreenderem as razões que lhe impunham essa proibição. O amor pelo pai fora banido pela proibição suposta ou real da mãe e pelo silêncio imposto sobre ele; tudo isso levara Cléa a ter-lhe amputada uma dimensão essencial de sua identidade feminina.

A ambivalência, portanto, não explica realmente o vaivém incessante do ciumento entre o amor e a angústia, entre o impulso amoroso e a fúria ante a idéia de ser traído. Essa espreita permanente não é um sinal de amor, de tal modo que já se pôde acreditar que os ciumentos eram mais hostis do que apaixonados. Eles não são isentos de hostilidade, por outro lado, em relação àqueles cujas intenções estão sempre julgando. A oscilação angustiada do ciumento entre o amor e a destrutividade que o domina é de outra natureza. Com efeito, o ciumento ou ciumenta censura a pessoa amada por não conseguir consertá-lo, satisfazendo sua expectativa de ser amado e, acima de tudo, reconhecendo o impulso desejante que lhe serve de base; num plano mais profundo, portanto, sua verdadeira queixa concerne à rememoração impossível de um amor banido da infância. A demanda do ciumento, excluído de seu passado, é impossível de satisfazer.

Será que ele não pede a seus amores que façam o trabalho de um psicanalista? E acaso não pede ao psicanalista que lhe permita voltar a uma terra da infância da qual não seja excluído? No ciúme, é uma proibição de amar – no sentido como a infância ama, de forma intransigente, total e libertária – que o sujeito procura expulsar de si.

Amamos contra a morte, para vencê-la, para esquecer que somos mortais, e, ao mesmo tempo, sabemos perfeitamente que nossos laços amorosos podem romper-se a qualquer momento. Assim, somos reconvocados à vida por eles e expostos ainda mais à angústia de nossa finitude ao perdê-los. No caso de Cléa, quando alguém se aproximava, por suas palavras ou suas representações inconscientes, de uma constelação de traços que evocavam a morte ou a perda amorosa (um saber que não podia ser dito, sob pena de deparar com proibições maiores), a angústia mobilizada nela ultrapassava tudo o que poderia ser legitimado pela inquietação amorosa normal. O ciúme servia então de anteparo para essa falha íntima, servia de cenário para a ligação amorosa, e era também sua destruição.

Cléa redescobriu um espaço de liberdade contra o ciúme no dia em que compreendeu que sua excitação passional era um pálido reflexo da atenção intensa que ela recebera e da qual, por ordem materna, tivera de esquecer até o próprio vestígio. Ela reconquistou o direito de amar "furiosamente", sem mergulhar numa angústia mortal ao menor desvio de gramática. Passou então a amar (certo ou errado) toda sorte de outras conjugações...

Capítulo II
A ferida narcísica

Fabien estava sofrendo. A mulher a quem havia deixado fora consolar-se com outro homem, e ele acabara de saber disso. Ao passar inesperadamente para ver a ex-namorada, na volta de uma viagem, havia escutado uma voz desconhecida através da porta – uma voz de homem. Naquele instante, ficara congelado. Mais tarde, depois de espreitar a antiga parceira, conseguira avistar o rival. Quando o reencontrei, fiquei impressionada com a mudança em sua postura. Fabien estava hesitante, perdido. O olhar já não era o mesmo. Sentia-se ausente de tudo que o cercava, disse-me. Só pensava numa coisa: reconquistar a mulher amada. E não entendia mais por que a havia deixado. Será que ainda a amava? Será que o aparecimento de outro homem no horizonte da amada é que havia suscitado a renovação de seu amor e, ao mesmo tempo, o despertar de seu ciúme, como que por uma equivalência entre os dois?

Ele me censurou por lhe sugerir essa possibilidade (o que, no entanto, eu me abstivera de fazer) e por não tê-lo impedido de deixar essa mulher. Era inútil lembrar-lhe que ele havia afirmado, pouco tempo antes, já não estar apaixonado. Seria igualmente cruel sublinhar que ele havia decidido sozinho o dia em que poria fim ao romance. Por outro lado, acaso ele não me dissera, no momento de tomar a decisão que se revelaria fatal, a seu ver, que um psicanalista devia se inclinar diante dos mistérios do amor e das intermitências do coração? Fabien deu-me a impressão de contemplar sua vida como se ela fosse de outra pessoa. Absorvia-se na contemplação de um desastre que ele era o único a ver. Atormentou-se durante sessões inteiras a propósito do momento em que telefonaria para a ex-parceira para lhe pedir um encontro. Interrogava-se incansavelmente, com espanto, sobre a escolha do novo parceiro da amada. Como era possível ela ter escolhido um homem tão feio? Será que não percebia a diferença? Para onde tinham ido suas juras? Porventura ela não se dissera triste quando da separação? E, com certeza, pensava Fabien, a ex-namorada o amava, não podia ser de outro modo.

A figura desprezada do rival

Ele manifestava um despeito muito masculino, pensará o leitor, e seu ciúme era perfeitamente normal. Estava com o orgulho ferido porque a amada não ficara eternamente desolada por sua causa. Nesse caso, entretanto, não se tratava somente de amor-próprio. Quando um homem deseja uma mulher, os outros homens parecem adorná-la de uma atração misteriosa, que lhes alimenta a rivalidade; eles invejam aquele que "possui" a mulher assim desejada. Freud[1] veria nisso o vestígio do desejo infantil de todo menino: cobiçar a mulher do pai.

Mas Fabien rejeitava a idéia de que seu amor pudesse ter ressuscitado pelo simples fato de outro homem desejar sua antiga amante abandonada. Sem dúvida, sua recusa era uma forma de negação, e ele só havia realmente reconhecido essa perda no momento em que outro tomara seu lugar junto à mulher. Só então, através do ciúme que sentiu do rival, ele compreendeu o valor da amante anteriormente deixada. Mas é

....
1. S. Freud, "Contributions à la psychologie de la vie amoureuse", em *La vie sexuelle* (Paris, PUF, 1970), pp. 47-80 [ed. bras.: "Contribuições à psicologia do amor", em *Sobre a tendência universal à depreciação na esfera do amor*, ESB, Rio de Janeiro, Imago, 1975, vol. XI].

verdade que suas idéias não eram guiadas pela superestimação desse concorrente que teria meios – dos quais Fabien seria desprovido – de "usufruir" da parceira. Assim, era difícil relacionar seu ciúme com a simples disputa entre um menino e o pai (forçosamente mais bem dotado que ele), no intuito de conquistar a mãe. Além da hostilidade bastante natural que atacava a imagem do rival, Fabien tornou-se presa, acima de tudo, de uma profunda perplexidade diante do interesse que a exnamorada exibiu por um outro mais "feio" que ele. Poderia seu ciúme esclarecer a rivalidade por outro prisma?

Ciúme e desprezo não compõem uma mistura habitual, e Fabien só fazia mostrar-se mais perplexo e desnorteado com isso. Os paradoxos desse ciúme revelavam que a rivalidade, ao instalar um espaço de comparação, convém, por isso mesmo, ao ciumento: este fica muito mais aflito quando não possui nenhum campo em comum com o rival. Mas Fabien, sem um ponto de comparação com o homem que havia suscitado o retorno da chama da paixão, parecia suspenso no vazio.

A intensidade de sua perturbação sugeria algo diferente de um simples antagonismo. Ele literalmente já não conseguia ficar quieto, agitava-se no divã e, vez por outra, levantava-se para andar de um lado para outro, como que invadido por pensamentos ou angústias intoleráveis. Algumas eram muito particulares. Ele tinha a impressão de que poderia ser "aspirado pelas rodas de um carro" que passasse à sua frente, a tal ponto se sentia "sem peso". Seu corpo já não tinha um centro de gravidade. Ele flutuava como seus pensamentos. Assim como sua vida não tinha sentido, seu "corpo não tinha massa", dizia. Na balança simbólica que o ligava aos outros homens, ele não pesava nada, não passava de uma pluma.

"Como ela pôde me deixar por aquele idiota?", Fabien não hesitava em perguntar, sem que a diferença que via a seu favor o apaziguasse. Para muitos autores, o ciumento sofreria apenas de uma ferida no "orgulho". Aqui, era o amor por si mesmo, comumente chamado narcisismo, que parecia profundamente ferido. Ao contrário de muitas mulheres ciumentas que se despojam de todos os adornos da feminilidade em favor de uma rival que se torna o emblema do feminino, Fabien não revestia seu rival de traços masculinos particularmente envaidecedores. Rebaixado pela escolha da namorada, nosso ciumento parecia ter sido atingido em sua imagem viril, sem que o rival, aquele "idiota", afetasse a estima que ele conservava por si. Sua ferida narcísica, sem dúvida ainda mais profunda, era de natureza totalmente diversa; seu transtorno diante da escolha feita pela ex-amada permitia supor que a ferida surgia mais de um abismo entre a imagem que ele fazia do rival e a sua própria imagem do que de uma simples "comparação", mesmo que vantajosa para ele. Fabien não se reconhecia, radicalmente, no homem por quem fora preterido. Esse é um aspecto que raras vezes tem sido salientado.

O desvelar de uma falha narcísica

Na base do mais desvairado ciúme, Freud[2] discerniu o insuportável amor homossexual pelo rival do mesmo sexo, mais amado que odiado, a tal ponto que o ciumento desejaria, na visão freudiana, estar no lugar da pessoa cobiçada pelo outro. Além disso, a dimensão "narcísica" do sofrimento dos ciumentos, que sempre temem ser afastados por alguém "melhor" do que eles, foi igualmente sublinhada por Freud em todas as chamadas formas "normais" do ciúme. Quando juntamos os dois termos da equação, evidencia-se que o rival é amado ou desejado não mais "sexualmente", porém "narcisicamente"; de acordo com Freud[3], o ciumento esperaria então de seu rival um reconhecimento "homossexual".

・・・・・・・・・・
    2. Idem, "Sur quelques mécanismes névrotiques dans la jalousie, la paranoïa et l'homossexualité", em *Névrose, psychose et perversion* (Paris, PUF, 1997) [ed. bras.: "Alguns mecanismos neuróticos no ciúme, na paranóia e no homossexualismo", ESB, cit., vol. XVIII].
    3. As diferentes formas de ciúme, portanto, ordenam-se coerentemente conforme a maneira como o ciumento consegue superar a ferida de um confronto "homossexual" simbolicamente debilitante.

O que chamamos "narcisismo" resulta do apoio imaginário e simbólico encontrado por nós naqueles que nos amaram e a quem amamos. Quando isso falta, o que fica faltando é um apoio essencial a todo sujeito; só o sentimento de uma traição radical dá conta desse desespero. Por mais imaginária que seja, a deserção sentida nesse momento não deixa de ser profundamente dolorosa. A não permanência de um apoio confiável deixa o ciumento enfraquecido, dando-lhe a sensação de ser traído por todos, em particular por aqueles a quem ama.

Silenciar sobre essas experiências de "cair" ou "ser aspirado" sob as rodas de um carro, ou de "flutuar sem peso", atribuí-las a uma "histeria" banal (o que é outra maneira de expressar uma misoginia muito comum – "esse homem não passa de uma mulherzinha!", como diriam nossos supostos profetas), equivaleria a desconhecer a importância das sensações de desmoronamento narcísico que o ciúme traz à lembrança, na impossibilidade de situá-las em seu verdadeiro lugar. Ao contrário, é ao lhes conceder toda a nossa atenção que se torna possível localizar o ponto de emergência do trauma.

Espelho do sujeito ou contraste com ele, o rival ou a rival oferece ao ciumento ou ciumenta um esteio narcísico contra o desmoronamento. A intensidade das experiências corporais com que os ciumentos de ambos os sexos designam seu corpo, abandonado a si mesmo sob o efeito de uma angústia inominável, impõe-nos ligar o ciúme a um desmoronamento precoce, sem termos de comparação com um desejo sexual proibido ou recusado.

Assim, a imagem do semelhante sexuado, de modo algum desejado "genitalmente", é a última defesa contra um desabamento maior; entretanto, ela aliena ainda mais os ciumentos de ambos os sexos, na medida em que eles dirigem a seus rivais um apelo impossível de satisfazer. Ninguém pode, é evidente, responder à pergunta intensa que se manteve não formulada pelo ciumento: de que modo viver como homem ou como mulher? Por isso, ao investir a imagem do rival ou da rival, o(a) ciumento(a) tem a ilusão de possuir, através desse rival, um corpo emprestado de homem ou de mulher. Resta saber as razões que os expuseram a esse perigo.

À beira da alienação

Nessa época, Fabien passava horas vigiando a entrada da casa da ex-namorada, avaliando o sentido de suas menores atividades e relendo suas cartas, como se com isso quisesse entrar na intimidade inacessível de uma mulher. Procurava adivinhar o que a ex-namorada poderia pensar e dizer, mas sem conseguir, já que aquela que acreditava amar novamente lhe parecia impenetrável. Ela se transformara numa espécie de deusa onipotente que tinha nas mãos sua vida e sua morte. Era como se, de repente, a antiga companheira houvesse se tornado totalmente estranha para ele. Fabien já não sabia quem ela era. A mulher representava a alteridade no que esta tem de mais radical. E ele não sabia nem queria saber que era o único a vê-la assim.

Para o ciumento ou a ciumenta, a pessoa amada é um mistério singular e indecifrável. E fica tão mais próxima de ser odiada quanto mais incompreensível se revela. O ciúme tem suas raízes fincadas nas angústias dos primeiros momentos da vida, quando se rompe inevitavelmente a perfeita harmonia entre o bebê e a mãe. Toda criança escuta com ambos os ouvidos, com toda a pele e com ambos os olhos a mãe dos primeiros cuidados; desde muito cedo, esta lhe parece belíssima[4]. O bebê sente-se ornado e envolto por sua beleza. A percepção das primeiras "notas dissonantes" abre sob seus pés um abismo de enigmas assustadores. Mas essa angústia tem suas virtudes: ao impelir a criança a compreender as expectativas desse outro que se distingue dela, a angústia a leva a se

....
4. D. Meltzer e M. Harris Williams, *The apprehension of beauty: the role of aesthetic conflict in development, art and violence* (Old Ballechin, Strath Tay, Clunie Press for Roland Harris Trust, 1988) [ed. bras.: *A apreensão do belo: o papel do conflito estético no desenvolvimento, na violência e na arte*, trad. Paulo C. Sandler, Rio de Janeiro, Imago, 1994].

voltar para o exterior, para o mundo. E é assim que nos tornamos pesquisadores natos, "buscadores de razões para ir a outros lugares"[5].

Ao colocar o ciumento "fora" de si, "fora" do mundo, a tal ponto ele é inacessível a qualquer forma de razão, "fora" de seu corpo, a tal ponto ele é tomado por sua paixão, o ciúme convida-nos a investigar como esse ser em devir se alienou. Isso porque, se essa doença da alma repõe a dor em seu lugar de emergência, ela se engana ao confundir o sentimento amoroso que invoca, para se justificar por um pavor travestido e desconhecido. O ciumento sente-se invadido pelo ciúme. Despojado do próprio corpo, já não se pertence. Deixado fora de si pela paixão, impelido para além de seus limites, ele fica exposto a que um desamparo enlouquecedor se apodere de seu ser e zombe dele. Sua inquietação ansiosa faz lembrar a suspensão em que ele foi deixado, abandonado. Por sua tentativa de controlar tudo, ao mesmo tempo fazendo as perguntas e dando as respostas, ele se torna impermeável ao outro, confundindo-se com ele.

Quando de seus raros encontros, Fabien agarrava-se à ex-namorada, batia os pés quando era hora de se separar dela e urrava sua dor. Nas sessões, repisava dolorosamente seu único e grande "erro": tê-la deixado! Queria mudar o curso dos acontecimentos passados, como um filme exibido de trás para frente. E se, e se, e se... Seus remorsos mostravam o quanto ele havia se encerrado na crença de que os pensamentos, por eles mesmos, bastariam para mudar o que havia acontecido. Seu universo estava totalmente desvinculado do real: o paciente movia-se num mundo imaginário. No entanto, a interpretação não podia deter-se nisso. Que caos de angústia e terror subjazia ao universo imaginário de idéias onipotentes, era isso que convinha investigar.

....
5. Saint-John Perse, *Anabase*, canto I, *Oeuvres complètes* (Paris, Gallimard, 1972), p. 94: "Ô chercheurs, ô trouveurs de raisons pour s'en aller ailleurs".

Os impasses da transferência

Se, para nosso ciumento, a amada tinha sua vida nas mãos, e se ele ficava totalmente impotente ante o poder da mulher, podemos apostar que havia nesse ponto uma verdade a ser apreendida. Reativada pela presença de outro homem a seu lado, a onipotência da namorada evocava uma figura desproporcional, que reduzia Fabien a um objeto indefeso. Ele imaginava na moça, ou às vezes no par indistintamente formado por ela com o rival, uma vontade tirânica de se divertir à sua custa e fazê-lo sofrer. Das causas dessa vontade despótica e abstrata ele desconhecia tudo, e isso o deixava ainda mais inquieto e agitado. É fácil compreender seu pânico: acaso não é a própria loucura que se desenha, quando das aflições amorosas, no rosto angustiante desse Outro[6] faminto e devorador? O ciumento não mente sobre seu sofrimento: sente-se abandonado num mundo insensato, e, se repete incansavelmente as mesmas coisas, é porque só a excitação que seu pânico lhe proporciona ainda lhe dá o sentimento de existir.

O diálogo que eu mantinha com Fabien não escapava a essa tirania. Minhas menores palavras tinham o peso de um veredicto angustiante, tanto para mim quanto para ele. Cada palavra assumia uma importância assustadora, porque, aos olhos do analisando, eu era tão poderosa quanto uma deusa que dispensasse a vida e a morte. Em momentos assim, a transferência torna-se tão dolorosa para o psicanalista quanto para o paciente: este espera um milagre de suas sessões – o "retorno definitivo e duradouro do ser amado", indispensável para sua vida, segundo ele crê; aquele procura, no estreito interstício que lhe permanece aberto, as vias que permitam ao paciente aceder a uma dor que, não tendo tido testemunha,

....
6. Escrito com O maiúsculo, o Outro representa um esteio ou, ocasionalmente, uma pessoa importante para a criança, o que acarreta o sentimento subjetivo de ela ser reconhecida, a exemplo de todos os seres humanos falantes, os falasseres (sobre esse termo, ver adiante, p. 82). A privação do Outro é ainda mais dolorosa por nela se originar o sentimento de ser banido e feio.

trabalha em silêncio para pôr em perigo a confiabilidade de qualquer vínculo.

Por não ter sido compartilhada, a provação sofrida pelo ciumento em sua solidão não pode transformar-se num "sofrimento"; não foi propriamente "vivida" e permanece em suspenso, "fora do tempo". A imagem de um Outro inalterável preenche esse vazio, assumindo os traços impávidos do rival ou do amante. Por mais que vasculhe, perscrute e tente aproximar-se dele, o ciumento continua excluído do conhecimento desse outro assim idealizado. Convencidos de que os outros os excluem de seu jardim íntimo, quantos ciumentos não sonham invadi-los à força, com a ajuda de aparelhos ou microfones sofisticados? Infelizmente, nenhuma intimidade pode ser esclarecida a não ser por uma escuta delicada. Nosso ciumento manifestava, mais uma vez, o quanto estava mutilado em sua capacidade de se identificar com outrem. O campo da análise é o de uma experiência vivida a dois – a da transferência entre o analista e seu paciente; nesse campo se experimentam saberes diferentes, é claro, mas cujo objetivo é entrar em ressonância.

Como encontrar o caminho daquela dor à espera de palavras e ajudar Fabien a lhe dar voz com mais força? Eu estava à espreita da mais ínfima pista.

"Eu sou bonito, eu sou bonito"

Num dia em que Fabien me descrevia mais uma vez sua ardorosa espera de um sinal de atenção amorosa por parte da ex-namorada, pedi-lhe que me relatasse todos os pensamentos que o perpassavam naquele exato momento, inclusive os mais anódinos. Para esconjurar a sorte, que se anunciava adversa, ele se surpreendeu dizendo bem alto: "Eu sou bonito, eu sou bonito".

A criança sente-se feia quando se sente abandonada, porque é rejeitada para fora do envoltório de beleza que a liga à mãe. Assim, emergiam enfim os vestígios do que havia faltado a Fabien, de maneira tão súbita e violenta: um olhar, o da mãe, em cuja ausência toda criança pequena fica desamparada. Ao falar em voz alta consigo mesmo, o paciente dirigiu-se ao menino desesperado que havia nele. Ao dizer a si mesmo: "Eu sou bonito, eu sou bonito", ele nos deu acesso à dor "feia" em que havia mergulhado. O relato interrompido de uma história ausente pôde ter início. O rival "muito feio", "aquele idiota", na verdade lhe parecia um irmão. Um irmão decaído. Esse homem parecia repetir para si mesmo, incansavelmente, "você é bonito", a fim de se dar coragem para o combate. Não era um "você é bonito" triunfal, já não era a autocomplacência de que ele dera mostras por tanto tempo. Com essas palavras, sugeri-lhe, ele se devolvia um rosto que devia ter perdido quando o olhar da mãe se desviara dele, provavelmente quando da morte da irmã da mãe, ocorrida quando ele tinha três anos. As duas mulheres haviam sido muito unidas, quase gêmeas; o acidente de automóvel que havia custado a vida a essa irmã fora vivido com doloroso ressentimento pela jovem mãe. Durante muito tempo, ela ficara "doente", recusando-se a comer, num momento em que o pai do menino, por sua vez, estava ausente em razão do trabalho. Em suspenso, sem ter onde se situar, uma dor de desmoronamento pôde enfim manifestar-se, e as lembranças puderam ser repostas em movimento. Na intensidade de seu ciúme, acaso Fabien não se sentia "aspirado pelas rodas de um carro", como no acidente que tirara a vida da amada tia materna? Ele nunca havia estabelecido essa ligação.

Fabien ficou muito comovido com a evocação da "perda de seu rosto", ligada ao luto materno, e as lembranças jorraram – em particular a "doença" da mãe, que não conseguia mais levantar-se nem mover um dedo, e passava longas horas imóvel, com o filho ao seu lado. Imóvel como uma morta? Sim, e ele se agitava, tentava despertá-la, até que, desanimado, se sentava quieto para esperar. Pelas palavras que trocamos, Fabien redescobriu o direito de ter novamente um rosto. As palavras devolveram espaço a uma aflição que permanecera sem nome. Permitiram reinscrever a sensação de desnorteio que ele havia sentido diante do desmoronamento da mãe, e que, até esse momento, permanecera enigmática e inapreensível. Sem dúvida, fora com o mesmo olhar virado para dentro, o olhar que ele me mostrara no dia da eclosão de seu ciúme, que a mãe o havia acolhido depois da morte de sua irmã.

A tentação da anorexia

Como desmoronamento esquecido, dor não compartilhada, esse acontecimento havia deixado um buraco no tecido da memória de Fabien. O ciúme lhe devolvia forma, evitando que o paciente fosse sugado por ele. Na imagem do rival, refletia-se sua própria feiúra de abandonado, fazendo eco à dilaceração do envoltório de beleza que o alheara dele mesmo. Nosso diálogo devolveu-lhe as palavras de uma dor extraviada. O ciúme fornece ao ciumento apenas um contorno sem conteúdo. Desnorteia quem dele padece e o esgota em dores vãs; não consegue desligá-lo da indiferença que ele não tem meios para enfrentar. Com um "você é bonito", incansavelmente repetido, Fabien conjurava essa sua morte, a morte encontrada no fim de sua relação amorosa. Com essa invocação, ele tentava reviver a época em que a mãe e ele estavam cercados pela beleza envolvente. É fácil imaginar que, em idade tão tenra, o menino houvesse regredido a um estágio em que tinha uma ligação ainda mais estreita com a mãe, chegando até a perder seu "peso" de garotinho por querer partilhar a imagem imaterial da irmã morta e ficar embaixo das mesmas "rodas".

Indagada sobre esse assunto depois da sessão, a mãe de Fabien lhe revelou que, meses depois da morte da tia, ele havia passado por um episódio anoréxico muito grave. Nós não sabíamos disso, ele e eu. Sentir-se "sem peso", no momento das cenas de ciúme, evocava as circunstâncias em que ele havia acreditado que não devia "pesar" para sua mãe; o menino cuidara dela, em vez de reclamar que ela lhe desse atenção, como seria legítimo. Diante da defunta, nada podia "ter peso" para a mãe. Entregando-se a um gozo mortífero, ela rejeitava qualquer desejo de viver sem a irmã. Convocado a ocupar o lugar impossível de uma morta, o menino deixara de pertencer a si mesmo e, na tentativa de compreender esses enigmas, fora levado a crer que a mãe não suportava mais o "menininho" que havia nele. O ciúme de Fabien revivia o sofrimento de ele ter sacrificado sua identidade sexuada para formar um só "corpo" com a mãe. A vivência "em suspenso" fica flutuando, sem poder pertencer a ninguém. Falta a representação do que é traumático e, por conseguinte, qualquer possibilidade de elaborar uma idéia. Quando o apetite de significação da criança não é saciado, a angústia aumenta, deixando como única possibilidade de expressão do desamparo psíquico as sensações "somáticas": no caso de Fabien, flutuar, ser aspirado, não pesar nada. "Por que tudo isso?", a pessoa se pergunta. Para onde foi o Outro que, por falhar, deixou o sujeito sem amarras?

O encontro com o paciente nesse momento de destituição simbólica, fazendo com que ele já não estivesse sozinho e sem testemunhas, bastou para libertá-lo. O ciúme deixou de ser o único recurso, como "apelo a um testemunho". Fabien apoderou-se de minhas palavras como se fossem uma bóia salva-vidas. A cena de sua ausência começou a existir. Uma dor até então não vivida reintegrou-se a seu "corpo" originário, tal como diríamos de uma corporação do exército. Pela primeira vez, ele se sentiu livre do peso da cena atual de seu ciúme.

Autismo e ciúme

Na impossibilidade de separar-se do que é alienante e de resistir aos gozos incestuosos que invadem o psiquismo (ora feitos de intromissão, ora de rejeição), o futuro ciumento acolhe-os, erotiza-os e, em pouco tempo, perde-se em suas excitações passionais. Quando uma ansiedade infantil violenta não encontra resposta suficiente no Outro, isso cria uma brecha, porque essa parte da criança não pode ser identificada nem autenticada; assim, permanece dolorosamente "em suspenso". À espera do sentido e não situada, essa fogueira pulsional passa a devastar qualquer possibilidade de ligação estável que permita a elaboração dos limites do corpo e de si mesmo. Vítima de tamanha descarga de excitação livre e enlouquecedora, o ciumento (sem falar nos que escutam sua cantilena!) faz-se literalmente "devorar".

Como seus apelos desesperados, feitos a esmo, permanecem como letra morta, ele não consegue ter sossego; assim, todo o sistema pulsional se inflama, dando margem a uma louca avidez de "contato" com os "outros" e consigo mesmo. Comumente assinalada no ciumento, sempre faminto de provas de fidelidade ou de infidelidade, essa avidez gira no vazio e se exaspera, antes de refluir como uma angústia que fragmenta e desintegra.

No caso de Fabien, graças à análise, sabemos que esse menino por pouco não caiu num mundo desvairado, por pouco não saiu de seu corpo, através da anorexia que o tornava tão leve. Mais tarde, o ciúme veio revelar o abismo que ele quis conjurar ao "romper" com a namorada, antes que ela o deixasse. Por seu ciúme, ele caiu num outro mundo – o dos enamoramentos irreais, análogos à irrealidade dos objetos fantasísticos que abrigam os pavores das crianças autistas.

Sem que seu pavor encontre eco, a trágica solidão da criança do retraimento autístico a leva a renunciar ao vínculo humano da linguagem. Assim, ela é forçada a estimular o corpo de forma incessante, para sentir seus limites. Os objetos do mundo, magicamente investidos, asseguram às crianças autistas uma continuidade irreal do ser, onipotente e louca. O ciumento, ao "amar" seu ciúme, cerca-se de uma carapaça idêntica de excitação. É difícil ajudá-lo a se desligar de suas paixões; ele desanima até mesmo os amigos mais empedernidos, mergulhando sempre nas mesmas esquisitices. A irrealidade de suas fantasias excitantes e dolorosas nos leva a pensar no funcionamento de um mundo quase autístico.

A tentação nostálgica do retorno

Para Fabien, os mundos irreais do ciúme eram atraentes, assim como as rodas dos carros pelas quais ele se sentia "aspirado" quando estava nas profundezas de sua aflição. O ciúme que sobreveio no decorrer de sua análise teve ao menos o mérito de revelar o desmoronamento que ele havia mascarado com tanto cuidado, levando uma vida falsa de homem sexualmente adulto, empenhado em conquistas femininas que pareciam "sem problemas". Logo, porém, ele se assustou por sentir-se tão desligado da ex-namorada e quis retornar ao estado anterior de sua paixão, que, embora o tivesse invadido dolorosamente, também o havia protegido de qualquer confronto com a falência do meio que o tinha cercado. E quem não enfrenta isso não pode reconstruir-se.

O psicanalista vai ao encontro do sofrimento do paciente com sua própria experiência da dor, com os caminhos que encontrou para se haver com ela e com as lembranças que guarda da vivacidade de suas experiências. No entanto, se realmente quiser ajudar os pacientes, terá de consentir em lutar contra as forças que querem arrastá-los para trás. Diante do discurso em que, quase batendo os pés de raiva, Fabien me anunciou que queria destruir todas as suas conquistas recentes e mergulhar de novo na expectativa da amada irreal, tive de pôr em jogo a continuidade de nosso trabalho em comum.

Através de um sonho, ele manifestou que havia entendido o recado. "Eu estava numa auto-estrada e cheguei a uma bifurcação; de um lado havia um pedágio, onde era freqüente as pessoas pararem e onde podia haver acidentes; do outro, um veículo me esperava, uma espécie de foguete no qual reconheci todos os meus medos, representados por objetos diferentes, que queria me levar pelos ares". O foguete-excitação-ciúme poderia animar ilusoriamente uma falsa esperança, em vez de construir um desejo verdadeiro que levasse em conta os possíveis acidentes da estrada da vida. Fabien acabou optando por não mais contornar os obstáculos e seguiu seu caminho pela estrada com pedágios e paradas forçadas, a da vida real (e de sua análise!). Pôde então encontrar e construir uma ligação amorosa não mais habitada unicamente pela excitação passional do ciúme.

Se o ciúme põe em cena uma dor, esta não é propriamente uma repetição. Em função da violência de um pavor, o lugar da lembrança dessa tortura foi destruído e, por conseguinte, não pode repetir-se. Para compreender esses estados, convém abandonar a idéia de que o ciumento possui todo um arsenal de fantasias e identificações que lhe arranja uma vida possível. O ciumento mostra-nos, ao contrário, um lugar em que é impossível viver, seja como homem, seja como mulher, e, de forma ainda mais radical, como ser humano. O ciúme declina-se de diversas maneiras, mas, no fundo, o que ele desvela é sempre uma imagem do "impossível".

Capítulo III
O cardápio usual do ciúme

"Se ela está anunciando que quer passar três dias sozinha", pensava Simon, "é porque quer sair com outro, e está me escondendo isso." A partir do anúncio desse desejo de afastamento por parte da mulher amada, ele já arquitetou planos de vigilância e de represálias que o afligiram quando se deu conta de que não tinham objetivo. Quase se deixou enganar por isso, percebeu com estupefação. Preferiria que ela fosse culpada. Nesse caso, poderia pensar em castigá-la com prazer. Muitas vezes, o que nos espanta e desanima a propósito do ciúme é sua capacidade de converter o amor em hostilidade. Às vezes, o ciumento ou a ciumenta chega a inventar planos maquiavélicos para prejudicar aquela ou aquele a quem acredita amar, quando se convence de sua traição. Mas será que se trata da conversão de um impulso amoroso em seu contrário, ou dos contragolpes de uma fúria cuja origem é desconhecida?

A tortura do amado

Era comum Simon tornar-se odioso[1] com a amada. A partir do momento em que era tomado por suas suspeitas, ele

---
1. A. Rey (org.), *Dictionnaire historique de la langue française* (Paris, Le Robert, 1998), verbete *odieux, odieuse*. A palavra *odieux* deriva do latim *odiosus*, "odioso"; seu sentido é encontrado, embora atenuado, nos adjetivos "ciumento" e "invejoso".

lhe telefonava cem vezes por dia, inventava mil pretextos para encontrá-la no trabalho. Para ele, como para outras pessoas, o telefone celular era uma bênção! Desse modo, ele tinha em tempo "real" um cordão umbilical de vigilância das atividades daquela a quem destinava todos os seus cuidados. Não suportava que ela vivesse um só instante sem ele. "Tenho de estar em contato contínuo com ela", afirmava, "não suporto não poder entrar em contato com ela quando ela está em reunião, ou quando desliga o celular, para ficar fora de alcance". A eleita de seu coração não tinha o direito de respirar, de ter um único pensamento seu, ou simplesmente um pouco de intimidade. "Será que terei de esperar que ela morra para poder localizá-la com certeza? Nesse caso, pelo menos eu enfim teria a convicção de que ela não está pensando em outro!", sonhava Simon em voz alta. Muitos ciumentos têm esses desejos de morte em relação às pessoas amadas, e subordinam o fim de seus tormentos ao desaparecimento do objeto de suas atenções. Esses desejos não são forçosamente guiados pelo ódio; simplesmente ignoram que "o ciúme sempre nasce com o amor, mas nem sempre morre com ele"[2]. Seja como for, a freqüência desses desejos[3] mostra continuamente que ser amado por um ciumento ou uma ciumenta não deixa de ter certa dose de risco...

O que ficava "fora" da dominação de Simon despertava nele, com igual furor, a "ansiedade enciumada dos excluídos"[4]. Até o passado da mulher amada lhe servia de indício condenatório, no incessante processo de infidelidade que movia contra ela. Juiz e parte, ele instruía constantemente a acusação! O

....
2. La Rochefoucauld, *Réflexions ou sentences et maximes morales* (Paris, Garnier, 1957), p. 114 [ed. bras.: *Reflexões e máximas morais*, trad. e introd. Alcântara Silveira, Rio de Janeiro, Ediouro, 1992].
3. Muitos dos chamados crimes "passionais" têm por motivação o ciúme e, nesses casos, curiosamente se beneficiam de circunstâncias "atenuantes", à parte qualquer "loucura" confessa do criminoso. Será que a clemência do legislador provém da convicção de que o criminoso ciumento é mais movido pelo "amor" do que pelo ódio?
4. S. Beckett, *Proust* (Paris, Minuit, 1990), p. 31 [ed. bras.: *Proust*, trad. Arthur Nestrovski, São Paulo, Cosac & Naify, 2003].

ciumento sempre desconfia de que a pessoa amada lhe dissimula alguma coisa, porque, a seus olhos, aquele ou aquela que ele perscruta de maneira incansável só tem pensamentos "ocultos", ou, pelo menos, estes se voltam para um "outro lugar" carregado de ameaças. Nada parece aplacar seu desejo de saber o que o outro sente, pensa ou confidencia. Pronto a dar rédea solta a suas suspeitas, ao menor pretexto, ele parece encontrar certo prazer em reunir provas sobre uma hipotética infidelidade. Tem até uma verdadeira cultura da confissão, que justifica as torturas infligidas por seus interrogatórios incansáveis aos que atraem seus galanteios. O convívio com os ciumentos só é tão insuportável porque eles supliciam aqueles ou aquelas em que fixam sua escolha. Será que eles não têm um fundo "sádico", que se exprimiria nessas ocasiões?

Sadismo e ciúme

Obviamente, o ciumento não interroga seu pressuposto: "Tenho o direito de te possuir totalmente, uma vez que te amo", que não deixa de lembrar o enunciado de Sade: "Tenho o direito de gozar de teu corpo, pode dizer-me qualquer um, e exercerei esse direito, sem que nenhum limite me detenha no capricho das extorsões que me compraza nele saciar"[5]. Assim, nosso homem se confundiu ao confessar que lamentava que sua amada não tivesse sido realmente infiel, de tal modo que ele pudesse lhe infligir um "justo" castigo. Por sorte, essas reflexões o levaram a refletir sobre sua "contrariedade", que tinha um toque de sadismo[6]. O amante sádico dispõe do corpo do outro tal como se serviria de um "bem" posto à disposi-

----

5. J. Lacan, "Kant avec Sade", *Écrits* (Paris, Seuil, 1967), pp. 768-9 [ed. bras.: "Kant com Sade", *Escritos*, trad. Vera Ribeiro, Rio de Janeiro, Jorge Zahar, 1998, p. 780]. Com essas palavras, Lacan resumiu a pretensa legitimidade do discurso de Sade.
6. S. de Beauvoir, *Faut-il brûler Sade?* (Paris, Gallimard, 1972). Lemos nesse texto que, no sadismo, de fato, "o carrasco disfarçado de amante encanta-se ao ver a apaixonada crédula, desfalecente de volúpia e gratidão, confundir maldade com ternura" (p. 20).

ção da comunidade. O desejo de posse, próprio do ciúme, fica logicamente excluído da república sádica. O quadro elaborado por Sade define as relações amorosas segundo uma forma de reciprocidade violenta e, a seu ver, "revolucionária", na qual todo ciúme decorreria de um aburguesamento ultrapassado. É por isso que Sade condena, no desejo de dominação característico do ciúme, o obstáculo que ele cria para a livre disposição dos corpos.

O homem com tal ideal sádico é alguém que conseguiu erradicar a paixão[7] e já não se deixa perturbar pelos males do amor. Ora, a inquietação do ciumento, manifestada em seu desejo de dominação, não se reduz ao aguilhão da insegurança amorosa vilipendiada pelo sádico; uma angústia ainda mais radical determina seus acessos de fúria.

Enquanto a instituição das novas leis "sádicas" enquadra o gozo do corpo dos amantes como um punhado de bens de consumo, e portanto decorrente de um "direito", o ciumento, que aparentemente tem uma pretensão idêntica, só reivindica, por sua vez, o direito de "ser amado". Ao invocar a necessidade de ser reciprocamente amado, de maneira tão extrema quanto a que afirma experimentar, o ciumento procura limitar o pavor que lhe inspira a idéia de um amor "filho da boemia, que nunca conheceu a lei", enquanto o sádico considera que o problema já foi resolvido negando pertencer à categoria humana comum, angustiada e desejante.

O defensor da filosofia na alcova projeta sobre outro (aquele a quem suplicia) o pavor que não quer encontrar dentro de si; com isso, por algum tempo, consegue escapar da angústia que surge diante da ausência de respostas prontas a respeito do desejo que inspiramos nos outros. Aos olhos de Sade, essa questão é absurda. Ao contrário do sádico, o ciumento assume o risco de deixar uma parcela de indeterminação no seio dos arranjos de sentido e dos significantes que organizam

....
7. Ibid. O amante sádico permanece "tão lúcido e tão cerebral, que os discursos filosóficos são para ele um afrodisíaco" (p. 32).

a atração amorosa, e com isso se submete às leis comuns do amor e do erotismo; porém, é daí que nasce sua tortura. "Que quer de mim aquele de quem espero tudo?", passa então o ciumento a se inquietar sem descanso.

Mesmo que os ciumentos sejam habitados por uma violência "sádica", quando se empenham em arrancar confissões ou provas da traição da pessoa amada, não quer dizer que eles sejam "sádicos". A comparação entre os dois, no entanto, permite esclarecer o fato de que a violência do ciumento, às vezes fatigante ou até persecutória, se situa no interior do quadro simbólico do desejo amoroso, o qual ele não renega, ao contrário do sádico. Em compensação, ele quer berrar a tortura apavorante do desejo, atormentando aquele ou aquela a quem elegeu com seu desejo incansável de dominação.

O desejo de dominação, ou o avesso do ciúme

Será que podemos identificar o desejo de dominação exercido por alguns tiranos domésticos sobre seus laços de amizade ou de amor com outras tantas expressões de um ciúme secreto? Quando Simon decidia sobre o dia e a hora de um encontro com a namorada, se por acaso ela não estava livre no momento que ele decidira dedicar-lhe, isso lhe despertava uma profunda amargura. Bastava a amada não estar disponível na hora marcada para que ele a acusasse de perfídia.

Por outro lado, seu desejo de dominação incidia sobre objetos tão variados que facilmente nos descuidaríamos de ligá-lo a seu ciúme. No entanto, quando ele se recusava a condescender em satisfazer o desejo erótico da companheira, no momento em que esta lhe "pedia" isso, por querer ser "o único a ter a iniciativa", acaso não afirmava que "era um homem de verdade", sem dúvida, mas sobretudo que o surgimento do desejo "totalmente descontrolado" da namorada lhe era intolerável? Não se mostrava enciumado da espontaneidade irredutível dos impulsos de sua própria parceira, uma espontaneidade perigosa, ainda que ele fosse seu destinatário? Para esses ciumentos, toda surpresa é fonte de desprazer. Quando eles não têm nas mãos a possibilidade de dominar o surgimento do desejo, este lhes provoca pavor.

O trabalho da análise fez Simon vislumbrar que ele dava a mesma acolhida ríspida a qualquer um que lhe pedisse o que quer que fosse, até para comprar um maço de cigarros. Ele se sentia ameaçado pelos desejos imprevistos. Aquilo que não controlava por completo o angustiava. Esse traço de caráter se esclarece melhor se o ligarmos à rivalidade enciumada de que ele dava mostras em relação a qualquer espaço de liberdade.

É que, sem saber, Simon invejava a capacidade de desejar com que se deparava nos amigos, de modo que alguns de seus comportamentos levaram muito tempo para ser analisados, pela simples razão de que, não vendo neles qualquer malícia, o paciente evitava falar deles. Assim, quando era convidado a passar uns dias na casa de campo de tal ou tal pessoa, não conseguia deixar o local em que fora generosamente acolhido sem levar consigo, sem o conhecimento dos anfitriões, um objeto que, a seu ver, lhe pertencia por "direito". "Foi só uma lembrancinha!", disse-me numa dessas ocasiões. O objeto em questão nada tinha de precioso, mas, desse modo, Simon afirmava seu "direito" de reivindicar algo que lhe faltaria. Seria inveja? Não, porque o objeto tinha pouca importância, comparado ao prazer de furtá-lo. Seria uma cleptomania comum? Não, porque nosso homem não se interessava minimamente, em outras ocasiões, pelo prazer de sair com um objeto sem pagar sua dívida.

Simon servia-se na casa dos outros porque "era seu direito", como lhe ditava conscientemente seu ciúme cleptomaníaco; inconscientemente, porém, ele invejava a impalpável força desejante daqueles com quem convivia; era ela que provocava esse desejo de predação, e não o objeto em si. Na medida em que falta tragicamente aos ciumentos desse tipo uma identidade que lhes seja própria, eles vivem por procuração e se alimentam do desejo daqueles a quem invejam dessa maneira. Apropriam-se de um objeto tal como os canibais devoram seus inimigos, para atribuir a eles mesmos a força destes. Eles acre-

ditam incorporar as qualidades daqueles a quem invejam secretamente, numa passagem ao ato em que furto e devoração têm o mesmo significado. Simon procurava na casa dos amigos uma "coisinha à toa, uma lembrancinha"; com isso, acreditava apossar-se da parte imaterial, imaginária, que a seu ver constituía o "tesouro" inestimável do local. Sua verdadeira predação enciumada tinha por alvo a liberdade de desejar.
Se alguém lhe dissesse que ele tinha ciúme desses amigos, ele negaria prontamente. Ora, a solução do ciúme pressupõe que se reconheça, em primeiro lugar, o impulso de devorar e destruir a pessoa amada ou detestada.

A vida cotidiana dos ciúmes

Simon tinha um comportamento muito diferente quando sua companheira ficava triste ou dependia dele, de um modo ou de outro. Só então sua ansiedade parecia acalmar-se. "Se ela precisa de mim, não me escapará mais", acreditava. Mas bastava ela manifestar um bem-estar qualquer para que ele tivesse de destruir suas causas. Fonte de despreocupação, qualquer satisfação lhe parecia forçosamente hostil. "Quando se dedica a seus prazeres, ela fica soberana e me exclui", temia ele nesses momentos. Para os ciumentos, o campo do outro é uma verdadeira "traição". Por isso, o ciúme de Simon encontrava um aparente derivativo quando ele podia tornar-se útil; nessas ocasiões, ele recuperava a tranqüilidade. Não por generosidade, mas porque sua necessidade de dominar a parceira se satisfazia. Ele era prestativo, mas sob a condição de definir pessoalmente as condições de sua ajuda.
Esses ciumentos desconhecidos de si mesmos não trazem o maço de cigarros que lhes foi pedido, mas impõem três caixas de charutos! Cansativos e torturantes por sua rigidez, eles permitem entrever o quanto a dimensão destrutiva presente no ciúme é, na realidade, a expressão de uma força de dominação insaciável diante de qualquer veleidade de autonomia dos parceiros, amigos ou amantes.

Muitas agressões da vida cotidiana encontram sua origem nesses ciúmes ocultos. Quando a namorada participava a Simon seu interesse por tal ou tal coisa, ele fingia interessar-se por um instante, para logo em seguida manifestar uma rejeição desdenhosa, que não tinha outro objetivo senão tornar "indesejável" aquilo de que ela gostava. Aliás, vez por outra e com toda a "inconsciência", ele podia tomar-lhe emprestados alguns temas que reivindicava como próprios, antes de se queixar das censuras (legítimas!) que a companheira lhe fazia por isso. São muitos os exemplos desses "roubos" de idéias ou pensamentos que criam sólidas inimizades entre aqueles que se sentem roubados e os que não têm nenhuma consciência de roubar. Numa região de si mesmo, o "ladrão" não se distingue, na realidade, do outro a quem inveja. Nesse sentido, imitar o outro, roubá-lo ou denegrir seus objetos dá sempre na mesma: por seu desejo de dominação, os ciumentos vampirizam a vida daqueles a quem acreditam amar.

O alvo de seu ciúme é variado e variável, mas o fundo permanece idêntico: diz respeito à liberdade do desejo, à autonomia de cada um, à parte eminentemente secreta do interesse que temos pelas coisas. Perfeitas quando seus amigos estão infelizes, essas pessoas mostram um azedume franco e incompreensível quando eles parecem melhorar, e por isso sua violência se afigura desconcertante. Lida pelo prisma do ciúme, ela deixa de parecer opaca. Assim, cheio de solicitude, Simon havia acompanhado seu melhor amigo ao hospital, mas, ao perceber a elegância do guarda-roupa que este havia levado – de maneira a lutar contra o sentimento de decadência a que a doença o destinava –, espantou-se com acrimônia. A esperança de viver que o amigo havia manifestado através desse cuidado foi-lhe intolerável, porque estava fora de seu controle. Se o amigo não lhe "devesse" nada, ficaria livre. Os ciumentos querem controlar a independência do desejo e do prazer daqueles com quem convivem, como se a idéia de livre-arbítrio lhes fosse uma ofensa pessoal. Assim, compreende-se por que estão sempre à espreita de uma prova da infidelidade do ou-

certeza, nunca fica inteiramente satisfeito. À espreita da menor diferença entre ele e a pessoa amada, não tarda a denunciar a traição.

Esse parasitismo evoca uma impossibilidade de viver em sua própria identidade de homem ou mulher e submete a hostilidade do ciumento a um reexame necessário. Diante do amado ou amada, a ciumenta ou o ciumento não fica dividido entre o amor e o ódio por causa de uma ambivalência[8]. Por trás do desejo de predação, que é próprio do ciúme, revelam-se os limites incertos em que vivem os ciumentos. Seu desejo de dominação é proporcional a suas inseguranças. Na verdade, é a autonomia intrínseca do desejo que constitui a única rival de todo ciumento, condenado a entrar em conflito com os prazeres, as alegrias e até as estratégias de consolação daquele ou daquela que ele contempla, despeitado. Mas a destrutividade suscitada por essa forma de ciúme decorre, ao mesmo tempo, de uma catastrófica estratégia de dominação e de sobrevivência.

Traição

Para o ciumento, o jogo do amor só tem, com efeito, um único e inelutável desfecho: a pessoa amada o trairá; essa derrota está "escrita" desde sempre. Assim, sua necessidade de controlar o próprio destino satisfaz-se em denunciar *de antemão* o fracasso de qualquer vínculo, como que para assim conjurar a insustentável tragédia do amor. Sua raiva surge do desespero e do desânimo diante do contra-senso a que ele condena seus vínculos mais preciosos. Para ele, não existe a garantia da palavra dada; o ciumento não confia em nada. Porventura Simon, sem ser louco, não se afligia "como um maluco", antecipadamente, com a traição da amante? Não vacilava

----
8. A ambivalência está ligada à diminuição da idealização de nossos primeiros objetos e dá margem a uma relação mais elaborada, na qual as falhas do outro não destroem suas qualidades.

em suas certezas quando, por ocasião do menor imprevisto, já não sabia onde localizar aquela que, por essa súbita liberdade, não mais lhe parecia tão conquistada? Se muito já se zombou dos ciumentos, é por ser fácil provocar sua inquietação. Uma pergunta murmurada ao pé do ouvido, uma suspeita sugerida e nosso ciumento se precipita num universo de suposições que conduzem, todas elas, à mesma conclusão: a traição. Presa fácil, o ciumento é feito de bobo por um teatro de ilusões[9]. Por não consentir em que o íntimo do outro lhe escape parcialmente, ele fica fadado a se supor despojado por um rival. Assim como não sabe viver dentro de seus próprios limites, o ciumento não parece suportar os que lhe são impostos pelo reconhecimento do que não é ele (e o mesmo se dá com os limites que o desejo dos outros lhe impõe). A dimensão de dominação que atua no ciúme ensina que o desejo de se tornar um indivíduo singular sofreu uma suspensão, por uma razão desconhecida. "Será que ele(a) me ama, ou ama a alguém mais do que a mim?", pergunta-se o ciumento sem parar. "Será que é todo(a) meu(minha), ou inteiramente de outro(a)?", continua em seu indagar incansável, ante o desmoronamento de referenciais dentro dos quais possa viver.

É esse ponto de suspensão, qualquer que seja sua conseqüência (divisão, fragmentação, despedaçamento, desmoronamento), que é registrado pelo ciumento como uma traição. Nesse lugar de perda da identidade, há uma "perda de ser" que gera uma confusão entre o amor e o ódio, porque a confusão protege o sujeito de ter de conhecer a verdadeira natureza da traição.

....
9. W. Shakespeare, *Othello*, *Oeuvres complètes*, *Tragédies II* (Paris, Robert Laffont, 1995). Nessa tragédia do ciúme e do engodo, Iago, que havia instilado o veneno do ciúme no príncipe mouro Otelo, instaura no ato IV um teatro de ilusões em que diferentes cenas se superpõem e respondem umas às outras diante de nossos olhos. Cada um desempenha seu papel e, ao mesmo tempo, sem saber, um outro, indefinidamente. As provas acumuladas pelo olhar e pelas percepções de Otelo são um punhado de realidades falsas, diante das quais não há nenhum distanciamento e, portanto, nenhuma outra cena senão a que temos diante dos olhos.

O ciumento duvida, desconfia, mas nunca chega a decidir de forma definitiva. Sofre por não saber distinguir a realidade da traição efetiva de uma simples *ficção* negada de suas angústias. Mesmo não conseguindo orientar-se nas mensagens contraditórias que recebeu, é a solução para suas inquietações que ele persegue sem descanso na fantasia de traição que ele forja. Infelizmente, essa busca incansável e desesperada o desvia, ao mesmo tempo, de um confronto verdadeiro com as realidades que o alienam. Sua violência improdutiva transmuda-se em destrutividade. O ciumento não consegue amar nem odiar de verdade. Assim, a oscilação entre o amor que ele sente e o desejo de dominação que ele manifesta cristaliza-se e mostra-se indefinidamente traumática.

Essa oscilação traumática é sempre encontrada no ciúme como indício da impossibilidade de decidir entre o caráter real ou não da traição a propósito da qual o ciumento acumula de suspeitas a pessoa amada. Não surpreende, portanto, que o ciúme se revele de maneira fulgurante na morte de um dos pais, por ocasião da abertura dos testamentos. Por que o outro recebeu mais do que eu? Será que fui menos amado? É o que o sujeito se surpreende a pensar com amargura, perdido numa dolorosa incerteza. E então ele se descobre uma alma mesquinha e cheia de ódio, hesita em acreditar no que tem diante dos olhos, vacila em suas certezas, oscila sem parar. O ciúme, às vezes devastador, que se expressa naqueles que sofrem com as contas não quitadas das gerações anteriores impõe um retorno "ao local do crime". Ter a coragem de enfrentar aquilo que alguns não puderam, não souberam ou não quiseram enfrentar em vida, para não mais ser refém deles: não é a isso que nos convida o ciúme, para pôr fim a essas sucessões sem saída?

No fim do ciúme, um impulso amoroso parece libertar-se da ganga de destrutividade que o encerrava. Mas não basta denunciar a violência de seu desejo de dominação para que cesse a ansiedade dos ciumentos. Convém compreender como se cristalizou, numa suspensão, uma reação "normal" de oscilação, consecutiva à derrota momentânea de uma identidade.

Terá o ciumento esquecido que a maior prova de amor que se pode dar aos ancestrais é ter a coragem de enfrentar os limites deles, e não se proibir de pensar nisso? Sendo fiel a esse combate, ao término de suas ciumeiras, ele poderia exclamar que o ódio ao prazer, o ódio ao desconhecido e o ódio ao desejo não passarão por ele... finalmente!

Capítulo IV
Embarcada no masoquismo

Na terminologia da marinha, diz-se que uma embarcação é "instável"* quando ela se agita muito. Quanto a Clara, ela não conseguia ficar quieta. Seus braços e pernas sacolejavam no ar, sem nunca encontrar repouso. Com cerca de trinta anos, pesquisadora científica com um jeito meio perdido, ao mesmo tempo bonita e infantil, ela falava muito depressa. Ficar sentada diante de mim parecia um esforço sobre-humano. Segundo suas palavras, sua vida nunca passara de um longo fracasso, profissional e sentimental, assim como seus psicanalistas anteriores. Apesar dos diplomas, ela permanecia numa grande precariedade social, afetiva e financeira. Seus relacionamentos amorosos haviam sido precoces, raros e infelizes. O mais recente resumia todos: ela esperava, recusando-se a estabelecer qualquer outra ligação, por um homem que parecia manifestar-lhe muita indiferença e que ela via raríssimas vezes. Esse relacionamento, quase inexistente, datava de vários anos, sem que Clara conseguisse desfazer-se dele. E ela censurava vivamente esse homem por manter relações com outras mulheres, dizendo-se "obcecada" pelo suposto desejo que ele tinha de deixá-la enciumada.

••••••••••
* Na língua francesa, o jargão naval aqui traduzido por "instável", para designar a embarcação que joga muito, aderna etc., é *jalouse*, que se traduziria por "ciumenta". (N. T.)

Com dificuldade, pois Clara falava disso com uma volubilidade que poderia levar a crer numa intensa paixão recíproca, consegui depreender que a ligação com esse homem tivera uma breve existência no passado, mas, no momento, estava muito esgarçada. Parecia um relacionamento inventado por ela, com o único objetivo de suscitar um sofrimento alimentado por seu ciúme, ilustrando, a despeito dela mesma, a teoria muito convencional de um masoquismo feminino. Com efeito, as descrições do masoquismo feminino associam com uma espécie de certeza o sofrimento moral e o destino da mulher[1]. Assim, dizem que é "destino" da mulher esperar indefinidamente, "dentro" de casa, por um homem "inconstante", ele também por natureza, tanto mais ciumento quanto mais ocupado e atraído for pelo mundo externo. Tal mulher acredita não ter rosto e se consome "internamente" de inveja de outras mulheres, as quais não conhece, mas que seriam dotadas de poderes eróticos que ela não teria. As "outras" seriam notáveis e atraentes, ela não. Assim, o chamado masoquismo "feminino"[2] (também chamado "moral") conjuga-se com uma representação igualmente convencional do ciúme.

Clara empenhava-se ardorosamente em ser infeliz e usava com perfeição o uniforme multicor dessa pretensa propensão da mulher a se tornar seu próprio carrasco. Quando lhe perguntei o que lhe agradava em seu amante, ela não conseguiu dizer coisas muito claras. Por ocasião das separações, não conseguia soltar-se dele, perseguia-o com telefonemas, acusava-o de enganá-la e bradava seu ciúme. Nesses momentos, se-

──────────

1. S. Freud, "Le problème économique du masochisme", em *Névrose, psychose et perversion* (Paris, PUF, 1997), p. 289 [ed. bras.: "O problema econômico do masoquismo", ESB, Rio de Janeiro, Imago, 1975, vol. XIX]: "Mas voltemos ao masoquismo. Ele se nos apresenta sob três formas: como modo de excitação sexual, como expressão do ser da mulher e como norma do comportamento na existência (*behaviour*)".
2. J. Lacan, *Le séminaire, livre X, L'angoisse* (Paris, Seuil, 2004), p. 222 [ed. bras.: *O seminário*, livro 10, *A angústia*, trad. Vera Ribeiro, Rio de Janeiro, Jorge Zahar, 2005, p. 210]: "Em princípio, é preciso postular que o masoquismo feminino é uma fantasia masculina".

gundo disse, portava-se como uma "harpia", e detestava-se por agir dessa maneira. Pelo menos, como dessa vez seu ciúme não ficou "contido", nem "interno", nem reduzido ao silêncio, ela pôde conscientizar-se de que não gostava de se mostrar por esse ângulo. Mas não era capaz de refrear esses comportamentos humilhantes, que redobravam a exasperação e o desdém do ex-namorado. E queria que eu a ajudasse a acabar com esse ciúme.

Recuperar as chaves de casa

O primeiro ano de análise foi dominado pelo relato de suas relações com esse homem. Clara chegava descabelada às sessões, contorcia-se de raiva no divã, muitas vezes em prantos, e nunca tinha sossego. Totalmente enfurecida, por constatar a que ponto esse homem a desdenhava por outras, rejeitava a menor elaboração ou associação que fosse capaz, em suas palavras, de distraí-la disso. Eu sentia sua agitação aumentar no decorrer das sessões. Quando essa agitação atingia o paroxismo, Clara pedia-me para ajudá-la a obter "simplesmente o que todas as mulheres têm", sem maiores esclarecimentos. Sua cólera chegava ao auge, e ela proclamava: "É o que eu quero, só isso!", e acrescentava, com ar ameaçador: "Vou sair daqui sem nada!". O que estaria reivindicando? Eu não fazia a menor idéia. Ela parecia acreditar que meus outros pacientes haviam obtido de mim alguma coisa que ela própria não recebia. Eu me sentia impotente para ajudá-la. Por outro lado, ela passava a maior parte do tempo fomentando planos maquiavélicos para desfeitear ao ex-namorado e, com isso, vingar-se. Ou então, queixava-se e gemia amargamente durante a sessão: como tinha o hábito de abandonar seu apartamento, apanhava-se com freqüência na situação de uma ou outra pessoa lhe roubar os objetos e bens a que era apegada, e não conseguia refazer-se disso.

Assoberbada por suas passagens ao ato, procurei me deixar guiar pelo que sentia na presença dela. Suas sessões eram invadidas pelo que acontecia "do lado de fora"; aos olhos de Clara, nosso espaço comum não existia. Eu me sentia negada. Sugeri-lhe então que seu "interior" era como a imagem de seu apartamento: ela não fazia nada para protegê-lo e preservar sua "intimidade", já que todos se julgavam autorizados a entrar lá contra sua vontade. Pela primeira vez, tive a impressão de que ela realmente me escutou. Conscientizou-se de que seu comportamento tinha um sentido e de que, por conseguinte, ela dispunha de meios de agir, para deixar de ser a eterna vítima. Ficou perplexa. Com que, então, ela "possuía uma intimidade"? "Dela mesma"? "Inviolável"? Durante algum tempo, ficou dividida entre a surpresa extasiada por me ouvir pronunciar essa palavra e a vontade de me provar que intimidade "não era coisa para ela".

Mas começou a proteger o lugar onde morava. Autorizando-se a fechar a porta aos parentes distantes, proibiu-os de irem a sua casa quando bem entendessem. A qualidade de sua presença junto a mim se modificou. A partir daí, foi-lhe possível contemplar comigo a ambivalência de seu comportamento de eterna vítima.

Minhas intervenções haviam desafiado em Clara a ordem para se deixar devastar. Por que ela se submetia a isso? Freud deu o nome de "supereu" à força que, segundo sua visão, trata o eu de maneira masoquista. Lacan, por outro lado, mostrou que esse supereu impunha ao sujeito uma ordem impossível – "Goze!" –, que o levava de fracasso em fracasso, a tal ponto é perturbadora a obediência a uma ordem assim. Ao procurar renovar incessantemente a excitação dolorosa do ciúme, Clara mostrava que sua submissão a esses gozos vinha levando-a a um impasse.

O espaço de sua casa, exposto a toda sorte de estragos, designava o lugar arrasado em que Clara vivia. Seu apartamento era uma metáfora dela mesma: um não-lugar. Ela confessava uma derrota e lançava um apelo a uma "testemunha". Qual seria o impacto de uma acusação de cumplicidade com o que a fazia sofrer? Ao lhe afirmar que ela também tinha direito a uma "intimidade", eu lhe permiti que reinvestisse em um interior feminino até então exposto a todas as intempéries. No dia em que decidiu fechar a porta, ela enfim ergueu uma barreira eficaz contra o gozo devastador de não ser nada. Se Clara pôde fechar seu espaço de intimidade, atestou com isso que ele havia assumido um certo valor para ela, deixara de ser "nada". Minhas observações dirigiam-se, na realidade, a seu corpo de mulher, representado por seu apartamento; elas a autorizaram a fazer com que esse não-lugar se tornasse um verdadeiro lugar.

Mas isso não alterou em nada a relação com o ex-namorado. "Eu luto para não pensar nele continuamente, mas não consigo me impedir de imaginá-lo querendo se livrar de mim para ficar com outra, e aí sinto vontade de correr para ele. Sou mesmo viciada em ciúme." Era totalmente inútil mostrar-lhe a dimensão imaginária dessa ligação. Era exatamente isso que a tornava inatacável. Clara lutaria comigo com unhas e dentes para proteger o poder que queria atribuir ao namorado. Precisava da excitação de seu ciúme como de um ferro em brasa que reavivava a chaga de seu sofrimento.

A túnica envenenada do ciúme

Apaixonada? Sem dúvida. Mas, acima de tudo, mulher alienada por uma imagem masculina esmagadora. Tido como alguém a quem não faltava nada, o ex-namorado provocava nela um sentimento de inutilidade e ciúme. Essa onipotência desumana, inventada pelas atenções de Clara, exercia sobre ela a atração de uma imagem ao mesmo tempo assustadora e excitante. Ela era "viciada" em ciúme, capaz de cultivar seu próprio ópio numa quantidade ilimitada! Com que objetivo infligia essa violência a si mesma? Seria para conservar o domínio de tal violência, como sugere Lacan[3]? Clara não sustentava

──────────
3. J. Lacan, *Le séminaire, livre XI, Les quatre concepts fondamentaux de la psychanalyse* (Paris, Seuil, 1990), p. 167 [ed. bras.: *O seminário, livro 11, Os quatro con-*

outro discurso senão a descrição incessantemente renovada dos "excessos" a que seu ciúme a levava. Parecia atolada num presente doloroso e humilhante, recomeçado sem cessar.

Seguindo o rastro de Freud[4], poderíamos comparar o comportamento dessa paciente com o de Dostoiévski: o escritor jogava, arruinava a família, depois voltava, envergonhado e cheio de auto-recriminações. Na visão de Freud, essa busca da humilhação satisfazia o masoquismo e permitia ao escritor recomeçar sem nenhum constrangimento, indefinidamente. Freud não ficou longe de ver nas humilhações que Dostoiévski se infligia uma falsa punição, destinada a desculpar todos os crimes, passados e futuros. Não pensaria ele que Clara, tal como Dostoiévski, usava seu ciúme como uma "droga" violenta e destrutiva, à qual não queria renunciar sob nenhum pretexto? Será que Freud não me convenceria de que ela só me dirigia uma falsa contrição para poder lançar-se cada vez mais nessa fuga para adiante, assim inutilizando meus esforços? Estaria Clara satisfazendo desse modo uma necessidade de punição que, por outro lado, lhe proporcionava uma excitação intensa? Numa espécie de sadismo[5] voltado contra si mesma, ela parecia reduzir a nada qualquer tentativa de se libertar do que a fazia sofrer.

Em vez de acreditar que ela se queixava de suas "proezas" masoquistas com o único intuito de melhor lhes dar continuidade, numa espécie de desafio secreto que teria endereçado a mim, preferi achar que ela se refugiava nos maus-tratos tal como alguém se cercaria de uma segunda "pele". Talvez tenha sido a lembrança de sua dificuldade de se separar do ex-namorado que me fez recorrer a essa imagem. Com efeito, na hora

....
ceitos fundamentais da psicanálise, trad. M. D. Magno, Rio de Janeiro, Jorge Zahar, 1979, p. 173]: "[O masoquismo é] uma violência que o sujeito faz a si mesmo, com o fito de a dominar com mestria".
    4. S. Freud, "Dostoïevski et le parricide", em *Résultats, idées, problèmes II* (Paris, PUF, 1985), pp. 161-80 [ed. bras.: "Dostoiévski e o parricídio", ESB, cit., vol. XXI].
    5. Ibid., p. 163.

de deixá-lo, durante seus raros encontros, era como se lhe "arrancassem a pele", dizia Clara. No auge de suas crises de ciúme, ela sofria com todo o seu ser, como uma "esfolada viva". Nessas situações, revestia-se também de um "comportamento de harpia" (no qual se sentia muito "mal dentro da própria pele"), tal como alguém usaria um disfarce, uma "pele de asno" malcheirosa e repulsiva, que lhe garantia ser sistematicamente rejeitada.

Na excitação do ciúme, Clara encontrava um lugar para viver – uma pele emprestada, porém uma pele dolorosa. Nos encontros com o namorado, tinha a impressão de que eles eram unidos por uma pele comum ou, mais exatamente (pois, na realidade, a paciente se aborrecia muito com ele, quando os dois se encontravam), na hora das separações, sentia-se invadida pela sensação de que esse envoltório que os protegia era arrancado, de que ela "se rasgava". Assim, de certa maneira, ao despertar um sofrimento, seu ciúme oferecia-lhe uma solução para o horror de não ser nada. "É melhor uma pele dolorosa do que nada", parecia propor-lhe seu ciúme, enquanto a aversão que ela provocava no amante e seus comportamentos masoquistas lhe ofereciam o esquecimento de si mesma numa pele "abjeta".

A fantasia de certos masoquistas de formar uma só pele com a mãe já foi sublinhada[6] por muitos autores, mas eles atribuem essa necessidade à sucessão caótica de contatos físicos excessivos, ou, ao contrário, pobres demais, que esse tipo de mãe teria com os filhos. Na impossibilidade de organizar esses contatos numa barreira que regule os excessos de prazer e desprazer, os masoquistas erigiriam seu sofrimento interno numa espécie de "segunda" pele.

Ora, as relações mantidas entre uma mãe e seu filho implicam contatos físicos, mas também contatos linguageiros e emocionais. Através desse encontro, a criança forja para si

----
6. D. Anzieu, *Le moi-peau* (Paris, Dunod, 1986), p. 40 [ed. bras.: *O eu-pele*, trad. Zakie Yazigi e Rosali Mahfuz, 2. ed., São Paulo, Casa do Psicólogo, 2000].

uma imagem⁷ erógena do próprio corpo. Logo, seu "envoltório" tanto é uma pele real, uma pele acariciada pelas palavras e pela proximidade de outro corpo, quanto uma pele-fronteira entre a criança e as emoções conscientes e inconscientes da mãe. Se Clara encontrava refúgio na segunda pele malcheirosa e repulsiva de seus comportamentos masoquistas, a excitação do ciúme a reconduzia a um sofrimento primordial: a dilaceração do envoltório criado pela atenção (ou melhor, no caso, pelas deficiências) da mãe para com seu corpo, seu ser e seu devir. É a esse desespero dilacerante, concernente ao lugar ocupado pela criança no dispositivo inconsciente da mãe, que convém retornar quando se quer fazer cessar a regressão para o esquecimento de si mesmo que são os comportamentos masoquistas. Estes apontam para a ferida no envoltório entre mãe e filho, mas nem por isso fornecem sua chave.

A maneira como Clara se agitava e se embriagava de furor e raiva, agarrando-se ao namorado, era seu modo de lutar contra uma ameaça. Ela dava a impressão de só poder sentir que existia nesses momentos de excitação enciumada. Todo o resto tornava-se então indiferente.

Fiel ao pior

Por fim, um dia, abriu-se uma brecha no muro de suas lamentações. Excepcionalmente, o homem que Clara "odiamava"* se mostrara gentil. Apesar disso, sem razão, ela se entregara a uma das crises de ciúme de que detinha o segredo. A "cena" tornara a repugnar e afastar o namorado. A paciente

．．．．．．．．．．
7. F. Dolto, *L'image inconsciente du corps* (Paris, Seuil, 1984), p. 36 [ed. bras.: *Imagem inconsciente do corpo*, trad. Noemi Moritz Kon e Marise Levy, São Paulo, Perspectiva, 1992]: "As palavras que permitem pensar são as que estiveram na origem das palavras que acompanharam imagens do corpo em contato com o corpo do outro".
* Com os verbos *haïr* (odiar) e *aimer* (amar), Blévis constrói o neologismo *haimer* – odiamar. (N. T.)

acusava-se por isso, ao mesmo tempo que batia os pés de raiva e cólera contra o homem. Meio irritada, eu lhe disse:
– Mas, afinal, como você quer ser tratada? Quando ele se mostra gentil e cheio de solicitude, não funciona! Ao contrário, quando ele a rejeita, aí, sim, isso a deixa realmente exaltada!
E acrescentei ainda:
– Quem é essa figura repulsiva que, apesar de tudo, você está sempre procurando encontrar?
Clara admitiu:
– Quando estava com ele, pensei em meu pai, no ódio que sinto por ele. Mamãe continuou muito apegada a ele, apesar de tudo o que ele lhe fez. Eu não, com certeza. É como se um *fio* a mantivesse agarrada a ele. Não quero ser como minha mãe. Ser "filha dela" me horroriza. Não é por ela ser minha mãe que tenho de manter o *fio**!
Retruquei-lhe então:
– Você não quer ficar condenada a ser *fiel* a ela, a contragosto?
– Não, não mesmo! Ela aceitava tudo de meu pai, deixava que ele me examinasse nos mínimos detalhes, sob o pretexto de ser médico!
No desfiar da narrativa**, fiquei sabendo que sua mãe fora cúmplice do gozo incestuoso desse "pai" que, com o aval da mulher, se autorizava a penetrar na intimidade da filha. Compreendi melhor por que ela fizera de seu apartamento, assim como de seu corpo, um "não-lugar". Era sua maneira de anular de antemão o sofrimento de ser despojada de qualquer intimidade. A pele de asno, "odiosa" e repulsiva, escondia essa sua ausência de si mesma. Fazia de Clara a eterna "filha dela", sob o efeito de uma maldição que lhe escapava. A mãe, oprimida, não lhe havia permitido ver nem ouvir uma presença feminina ativa.

....
* Nos grifos desse texto, Blévis destaca a quase homonímia entre fio (*fil*) e filha (*fille*), retomando-a logo adiante, na proximidade da palavra *fiel* (*fidèle*). (N. T.)
** A autora retoma outra vez a metáfora da fiação/fidelidade, usando nesse ponto a locução *de fil en aiguille* (pouco a pouco; de conversa em conversa). (N. T.)

A violência de Clara diante dos comportamentos invasivos e insultuosos do pai era obstruída por uma "solidariedade até a morte" com a mãe, em suas palavras. Ela não conseguia odiar por si mesma a violência incestuosa do pai, sem a ajuda da mãe. Acima de tudo "filha dela", achava que devia ajudá-la a qualquer preço, chegando até a desconhecer seu direito de fazer a triagem daquilo que recebia. A raiva dolorosa com que ela se envolvia mascarava a ausência de uma feminilidade ativa e livre; Clara estava encerrada na prisão da passividade dessa mãe, também ela "vítima", que a havia abandonado sem proteção ao gozo infantil, voyeurista e sádico do marido. Na medida em que essa mulher não consentia em se separar, *em prol* da filha, de seu gozo de ser um objeto de desprezo, encerrava a filha numa postura de submissão à violência "masculina".

A análise, ao permitir a Clara afirmar pela primeira vez "não, não quero ser filha dela", facultou uma separação entre a analisanda e o que havia de "pior" na mãe, a que ela se mantinha "fiel", a despeito de si mesma. Clara oferecia sua "pele" à mãe (e ao casal unido num ódio recíproco e surdo) para protegê-la. Com isso, paralisava sua própria violência, necessária para se desligar da mãe e construir sua própria vida.

Essa revelação íntima permitiu a Clara tomar uma decisão. Ela consentiu em deixar de ser "solidária até a morte" com a mãe, preferindo ser "solidária com a vida". Na mesma ocasião, desligou-se do olhar que o pai, imbuído de desprezo, voltava para a mãe. Se eles não se amavam, descobriu a paciente, "era problema deles!". Nada a obrigava a "manter um fio" que a forçava a andar "equilibrando-se", sempre à espera de um tombo que a arrastaria para o fundo do abismo. Clara resolveu parar de "bancar a imbecil" para proteger os homens que a maltratavam. Seus comportamentos masoquistas desapareceram. E também o ciúme que ficava a serviço deles.

"Bancar a imbecil" era bancar a "masoca", sempre submetida à vontade forçosamente intratável de um homem, numa paródia da sedução que convoca e conclama a mulher a se despojar de si mesma para levar um homem a desejá-la.

O sofrimento de seu ciúme tinha por fim manter uma ficção: os homens *têm* tudo e as mulheres, nada; os homens *são* tudo e as mulheres, nada. O masoquismo de sua mãe encontrava confirmação nisso. Para que um campo de experiência comum pudesse ser compartilhado com a filha, teria sido preciso que essa mãe aceitasse o que lhe cabia: opor-se ao gozo de não ser nada no qual ela se afundava. O ciúme de Clara mascarava a separação impossível de um destino como esse, sem saída.

Para sair desse gozo masoquista, que ela me atribuía na condição de mulher, tal como à sua mãe, foi preciso passar por uma primeira etapa: compreender que um espaço de troca estava sendo destruído pela irritação passional de seu ciúme e defender esse espaço. A segunda etapa iria revelar-se ainda mais decisiva: descobrir o prazer de criar comigo um campo de partilha.

Os territórios inabitados da feminilidade

Clara queria "o que todas as mulheres têm". Sentia-se despojada da misteriosa "qualidade feminina" que me pedia para lhe dar. Seu ciúme a levava a querer arrancar de qualquer "outra" mulher, inclusive sua analista, um "não-sei-quê" que lhe era imaginariamente devido. Só tendo recebido da mãe enigmas angustiantes ou assustadores a respeito do sentido de sua pertença maior a um sexo do que a outro, não lhe restava senão reivindicar esse "não-sei-quê" a um homem.

Não fora apenas como pessoa ou criança que Clara fora atingida, mas também como mulher. Tivera de se manter como um prolongamento passivo da mãe, um receptáculo do ódio que ligava seus pais, colocando-a no fio da navalha. A forma como a mãe "dera passagem" ao gozo infantil do marido com a filha, sem respeito pela intimidade desta, havia adquirido o sentido de uma execução simbólica de Clara e de sua feminilidade. E ela vivera isso como uma traição abissal. Por esse caminho, a mãe a arrastara para o mesmo desastre que o seu. Será que isso queria dizer que o masoquismo materno se havia transmitido, tal e qual, diretamente para a filha? Não. A mãe de Clara não havia erguido uma barreira capaz de servir de obstáculo ao gozo infantil do marido. Com isso, de certa maneira, ela havia renunciado a uma função ética feminina, ao olhar "lúcido"[8] para a infantilidade masculina, que faz parte dos valores simbólicos que a mãe assume e transmite; essa é uma omissão que surte efeitos diferentes, conforme se pertença a um sexo ou a outro.

Para a menina, a renúncia da mãe a impor limites ao gozo infantil do pai (ou daquele que ocupa seu lugar) assume o significado de um abandono simbólico; assim, ela é deixada sem proteção diante do poder absoluto da figura arcaica e infantil do "reizinho", sob cuja forma passa então a lhe aparecer o poder masculino. Por sua submissão, esse tipo de mãe parece guardar só para si todas as outras virtudes do masculino e transmitir apenas o "pior". Negada em seu ser, sem identificação possível com um semelhante sexuado, e vivenciando, ao contrário, vivenciando o quanto de perigo esse vínculo comporta, nossa ciumenta fica exposta a adotar a via masoquista, que *mostra e destaca* a violência intrusiva da infantilidade masculina, em vez de *lutar contra ela.*

A única defesa contra isso consiste em fingir que ela quer endossar essa pele desprezada de submissão e sofrimento, adotando comportamentos masoquistas. Em vez do envoltório desejante materno, surge uma pele envenenada e envenenadora, verdadeira túnica de Nesso[9], com a qual a ciumenta De-

....
8. P. Bourdieu, *La domination masculine* (Paris, Seuil, 1998/ 2002) [ed. bras.: *A dominação masculina*, trad. Maria Helena Kühner, Rio de Janeiro, Bertrand Brasil, 1999]. O autor presta uma homenagem, através de Virginia Woolf, à "evocação lúcida do olhar feminino, ele próprio especialmente lúcido para o tipo de esforço desesperado, e bastante patético em sua inconsciência triunfal, que todo homem tem de fazer para ficar à altura de sua idéia infantil do homem" (pp. 98-9).
9. P. Grimal, *Dictionnaire de la mythologie grecque et romaine* (Paris, PUF, 1969), p. 118 [ed. bras.: *Dicionário da mitologia grega e romana*, trad. Victor Jabouille, 4. ed., Rio de Janeiro, Bertrand Brasil, 2000]. Quando Hércules se apaixonou por Iole, Dejanira, enciumada e querendo redespertar seu amor, mandou-lhe o manto de um centauro outrora morto por ele. O manto estava envenenado e, mal lhe tocou a pele, uma "queimadura devoradora dilacerou aos poucos o corpo do herói,

janira envolveu o marido infiel, Hércules, levando-o assim à morte. A hostilidade ciumenta que Clara votava a um homem inacessível era um modo de exprimir esse desapossamento, e não seu fim. Nessas condições, ao se aliar à mãe com todas as suas forças, ela parecia ainda mais habitada por uma paixão por se submeter a uma vontade "outra"[10] que não a sua, totalmente abstrata e oportunamente transformada na de um amante volúvel.

Clara oferecia sua vida como alimento, para melhor dispersar a dor de ter ficado entregue a pais unicamente ocupados em desvalorizar um ao outro, servindo-se da filha como um receptáculo em que despejar seu gozo. O ciúme dela nos lembrava seu sofrimento, gritava-nos o quanto sua pele mortificada era "irritada" e "esfolada" por ele. Na realidade, sob a pele de veludo dos conluios coletivos que a designavam como "masoquista", era um "reconhecimento" que ela buscava ardorosamente.

Indiferença e violência

A falta de um projeto ou a indiferença dos pais para com o filho é vivida por este como um ódio a seu devir. Será que a criança realmente se engana? Nessa matéria, parece-me que ela tem razão. Esse descompromisso dos adultos não passa da forma "conveniente" do ódio. Atravessando gerações, como vendeta ou castigo, ele surte efeitos ainda mais ameaçadores por parecer que não tem objeto. Na realidade, esse ódio tem, sim, um objeto, porém este permanece impalpável, estranho e inimaginável; concerne à parcela de insubordinação do desejo de viver, que se encarna em cada geração como uma nova es-

....
que, incapaz de resistir ao sofrimento, ateou fogo ao próprio corpo no monte Oita". Desesperada, Dejanira matou-se. Será que a queimadura do ciúme de Dejanira não é representada pela túnica que irrita a pele e consome quem dela padece?
10. J. Lacan, op. cit., p. 168 [ed. bras.: op. cit., p. 175]: "É no que o sujeito se faz objeto de uma vontade outra que não somente se fecha, mas se constitui a pulsão sadomasoquista".

perança. O ódio tem por objetivo refrear esse desejo. Exerce-se ao mesmo tempo em todas as direções e diz respeito, indistintamente, a meninos e meninas.

O lugar da mãe, nessa aposta de violência simbólica em oposição ao desejo, é essencial para os meninos, e o é ainda mais para as meninas. Com efeito, a menina ama a si mesma, a princípio, como filha nos olhos da mãe, e ama na mãe a maneira como esta realiza sua feminilidade (perante os homens), enquanto, ao mesmo tempo, tem de se separar dela para assumir sua própria vida. A questão do que é "comum" entre ela e a mãe é central para sua economia feminina. E ela é ainda mais sensível a todas as estratégias desejantes com as quais a mãe luta contra a desvalorização do feminino, ou se submete a esse gozo assassino. Submissão ou insubmissão, luta ou renúncia, masoquismo feminino ou invenção de estratégias de prazer e sublimação, essas escolhas a levam, seja à obrigação de endossar o gozo de não ser "nada", com isso acreditando aliviar a mãe, seja a um espaço de compartilhamento que reinventa as condições do "ser feminino".

Quando a mãe não consegue limitar a infantilidade masculina que funciona sob os traços da lei patriarcal, ela reforça a solidão do filho (menino ou menina) diante do enigma que é, para todos, a apropriação de um destino sexuado, o qual, no que concerne ao ser falante, não está "escrito" desde sempre. A isso vêm somar-se a indiferença ou o ódio pelo tornar-se homem ou mulher, com os quais às vezes a criança é levada a se deparar nas apostas inconscientes daqueles que a trouxeram ao mundo.

Ao se disfarçar de "harpia", Clara, duplamente só diante do "nada", continuava a proteger a mãe e o pai; localizava em sua própria vida um ódio que dizia respeito a eles, visto que ela se oferecia como vítima expiatória a todos que quisessem maltratá-la. Mostrava-lhes (mas eles eram cegos) a vacuidade de sua ligação, empenhando-se em constituir o vazio em sua própria vida. O masoquismo feminino (mas será que ele também não poderia ser masculino, nas mesmas condições?) mascarava, por conta disso, uma luta heróica para neutralizar o ódio que visa a toda nova oportunidade do desejo.

A irrealização da dor de não ser nada

Embora a excitação do sofrimento ciumento de Clara tentasse em vão animar um lugar de identidade feminina, mortificado tanto por sua mãe quanto por seu pai, seus comportamentos de "harpia" tinham por objetivo tornar irreal seu sofrimento por não ser "nada", eco da forma sutil de indiferença que lhe fora dirigida. Ao trocar a dor de não ser nada pela dor do ciúme, será que ela saía ganhando? De certa maneira, sim. Os seres falantes, esses "falasseres"[11] que somos, têm de fato a possibilidade de viver seus impasses projetando-os numa outra realidade que não aquela em que vivem. Com isso, "irrealizam" seu mal-estar, o que é outra maneira de negá-lo. Enquanto a dor de não ser nada era irrealizada pelos comportamentos masoquistas de Clara, pelo menos o ciúme a convocava para uma cena mais "real".

Tornar uma dor irreal é esquivar-se dela. Esse processo é próprio de todo ser humano. Diferente da negação, que nega pura e simplesmente o conflito, a irrealização é um processo que o faz escapar para outro lugar, tornando-o inapreensível. "Não, eu não sofri, nunca sofri e jamais sofrerei", garante quem se defende de seu suplício mediante a negação. A realidade de uma tortura é recusada do mesmo modo pelo processo de irrealização, mas "se encena" numa outra realidade, o que pôde levar a crer que o masoquismo era uma pura e simples "teatralização"[12] de uma agressão. A irrealização do so-

....
11. Cunhada por Lacan, a palavra "falasser" significa que o homem, na condição de animal falante, é por isso dotado de um inconsciente. Cf. Y. Pélissier, M. Bénabou, D. de Liège e L. Cornaz, *789 Néologismes de Jacques Lacan* (Paris, EPEL, 2002).

12. N.-C. Mathieu, *L'anatomie politique: catégorisations et idéologies du sexe* (Paris, Indigo/Côté femmes, 1991), p. 224, nota 39. O conceito de irrealização permite investigar as estratégias graças às quais podemos "tornar real" uma agressão de outro modo que não por meio de outros sofrimentos, e o faz melhor do que o conceito de "teatralização de uma *vivência real de agressão*", que fada o masoquista a se contentar em ilustrar a violência perpetrada contra ele.

frimento de ser negado (num devir de homem ou de mulher) fornece a mola que articula a violência desse ódio, recebido em cheio, com a impossibilidade de enfrentá-lo, por falta de apoios simbólicos adequados. Nessa ótica, o ciúme bem poderia ser um grito, nascido de um sofrimento que teria permanecido num "perpétuo alhures"[13].

Assim, Clara era agitada por comportamentos masoquistas que, a um só tempo, negavam e denunciavam a que ponto lhe faltavam meios para compreender o enigma do desejo dos pais a seu respeito, e aquilo que os ligava um ao outro. A irrealização, solução para um conflito identificatório intolerável, apresentava-se como sua negação "atuada". Assim, os chamados comportamentos "masoquistas" pelos quais ela se fazia rejeitar imitavam a rejeição dolorosa que a feria, ao mesmo tempo que se expressavam, em toda a sua crueza, no bojo de suas crises de ciúme. O ódio que mantinha seus pais unidos destinava a ela o lugar de um menos do que "nada", condição da manutenção desse equilíbrio. Quando, graças à análise, Clara consentiu em dar um passo sozinha, o casal parental desfez-se quase de imediato. O ciúme dela, pela excitação que suscitava, conservava "em suspenso" sua angústia de não ser nada; mediante essa irritação passional (que lhe oferecia como que uma pele e um simulacro de identidade), ela tentava dar corpo àquilo de que a "irrealização" lhe permitia, ao mesmo tempo, fugir e evitar. Foi esse movimento "duplo" e contraditório que tornou tão difícil a sua análise.

Clara não queria separar-se do destino feminino de impasse que caracterizava sua mãe. Com efeito, essa estratégia de "irrealização" amordaça a agressividade necessária para que o sujeito se desvencilhe dos laços que entravam no futu-

....
13. J.-P. Sartre, *L'imaginaire* (Paris, Gallimard, 1986) [ed. bras.: *O imaginário: psicologia fenomenológica da imaginação*, trad. Duda Machado, rev. Arlette Elkaim-Sartre, São Paulo, Ática, 1996]. Para Sartre, a irrealização é como "beber água do mar para aplacar a sede. [...] Não nego minha sede. Tomo uma coisa que se *parece* com água; bebo, mas é uma água *irreal*, que não mata a sede". A irrealização é uma "maneira de *encenar* a saciação" (p. 240).

ro. Em Clara, portanto, essa agressividade subsistia sob a forma de um "pseudo-ódio" congelado, como o que a agitava em relação ao pai e que não se permitia construir-se. Assim deslocada, a agressividade continuava sem relação com a realidade, retirando toda a eficácia de seus atos. Esse tipo de defesa cria no sujeito uma ausência de si mesmo, e ele tem de procurar um meio de se fazer presente em si. Em Clara, os comportamentos masoquistas, impregnados de ciúme, de fato visavam reencontrar sentimentos e sensações "verdadeiros". Na embriaguez da paixão e da raiva, ela gritava e gesticulava, para que uma dor nunca verdadeiramente vivida surgisse e pudesse habitar seu corpo.

Localizar um ódio errante que circulava entre os pais e irrealizar sua dor de ser esquecida conjugaram-se para fazer dessa estratégia um impasse total do ciúme. "O que me deu confiança em você", disse-me ela, tempos depois, "foi que eu não consegui seduzi-la; por isso eu pude ir em frente, sabia que você sobreviveria!". Ter acesso à cólera, ou a um ódio passageiro, é necessário para nos separarmos dos fantasmas que nos aterrorizam. Ao constatar que eu sobrevivia a sua cólera inconsciente, mascarada por seus comportamentos de eterna vítima, a própria violência de Clara, necessária para lutar, ganhou enfim direito de cidadania. O medo de ver a mãe desmoronar ainda mais, se ela se libertasse de seu destino feminino como impasse, se afastou.

Separar-se dos pavores destrutivos, constituir um espaço em que eles possam "se agüentar" por um instante e simbolizá-los, portanto, são uma única e mesma coisa. Ao mostrar a Clara que seu comportamento passionalmente ciumento tinha por finalidade tornar real uma dor de não ser nada, mas sem de fato conseguir fazê-lo, já que substituía uma dor por outra, a análise pôde ajudá-la a repor essa dor em seu verdadeiro lugar.

Quando o psicanalista quer ir ao encontro desses sujeitos "sem domicílio fixo", ele é levado a imaginar os lugares em que ninguém pode ter a sensação verdadeira de existir. Imaginar é deslocar-se, é viajar para dentro do outro. O presente em que esses pacientes nos chamam a encontrá-los é também um lugar cuja geografia exploramos. O espaço do presente mostra-nos as falhas de simbolização passadas; esse gênero de análise faz do analista um cartógrafo, um explorador de terras incógnitas, que muitas vezes tem de viajar em barcos "instáveis"*. E sem nunca ter a certeza de chegar a um porto seguro.

....
* Ver nota de tradução 1.

Capítulo V
Irmãos e irmãs

Os territórios psíquicos expostos às claras pelo ciúme não são nem simples, nem delimitados, nem constituídos em caráter definitivo. Ninguém está a salvo de experimentar, em um ou outro momento, suas perturbações. É sempre possível, de vez em quando, descambarmos do amor para o ódio, esquecidos de nós mesmos, numa confusão entre o eu e o outro. O ciumento oscila dessa maneira, perdido entre o amor e a destruição de seus laços e incapaz de decidir, uma vez que já não sabe quem é. Há um semelhante que ele questiona sem cessar, torturando-se: "O que ele (ela) tem mais do que eu?". Assim se interroga todo ciumento, em seu foro íntimo. O confronto com um(a) rival ganha então todo o seu sentido: produz uma deflagração brutal, que faz alicerces precários voarem em pedaços.

Todo ciúme tem uma vocação nostálgica – recuperar uma coesão momentaneamente perdida –, porém mascara o que o motiva. Num laço fraterno, existe rivalidade, é claro, mas há também um apoio de identidade num semelhante, como atestam aqueles que, quando muito pequenos, perderam um irmão ou uma irmã. Numa irmandade, o luto por um irmão mais velho ou um irmão menor, de idade próxima à do indivíduo, é apavorante, porque revela a precariedade da vida e parece mostrar que os pais são impotentes para proteger os filhos da morte. Além disso, quem desaparece é um duplo do sujeito.

Assim, a ligação entre irmãos e irmãs é constitutiva das identificações de que precisamos para seguir adiante na vida, e, quando não temos irmãos, constituímos uma confraria através da escolha de amigos da mesma idade ou da mesma geração. Por isso, os adolescentes enfrentam mais facilmente a autoridade, a família (que passa para o segundo plano) ou outros grupos de jovens, desde que constituam um "grupo de colegas" em que os membros se imitam e se reconhecem. Do mesmo modo, os progressos motores – às vezes espetaculares – das crianças muito pequenas, quando colocadas na presença de outras mais desenvoltas, atestam o fato de que a presença de congêneres da mesma idade é necessária ao desenvolvimento dos processos imitativos[1] que prevalecem na primeira infância.

Se o ciúme entre irmãos e irmãs esclarece os móbeis essenciais do ciúme ou, na opinião de alguns, sua "origem", isso se dá desde que o vejamos como um sinal – o sinal de uma vacilação do próprio sujeito e de seus referenciais. O ciúme revela a angústia inerente ao fato de ser desalojado de um lugar que se acreditava conquistado; revela uma falha nos referenciais simbólicos que remete o sujeito aos frágeis limites dele mesmo. Essa suposição questiona as causas habitualmente invocadas na origem do ciúme adulto: este não é a simples repetição de um ciúme infantil, mas a conseqüência de um trauma precoce, sem dúvida inevitável, em certa medida, mas cujos efeitos continuam a se fazer ouvir dolorosamente na idade adulta. Ao seguir a hipótese de que a fonte do ciúme é um confronto violento com um outro que, ao mesmo tempo, é semelhante ao sujeito, o ciúme entre irmãos e irmãs apresenta o grande interesse de expor às claras uma vulnerabilidade que, em todos nós, sempre ameaça se despertar.

....
1. E. Gaddini, "De l'imitation", em *L'imitation* (Paris, PUF, 2001), pp. 43-64, 57.

Mais facilmente que o adulto, a criança que ainda não construiu uma identidade sólida duvida do que ela é e do que representa para os outros. Expõe abertamente a falha dos referenciais simbólicos de que se alimenta o ciúme, e o faz de modo mais notável quando ainda não fala. A linguagem permite que o indivíduo se ouça pensar, tome distância em relação a si mesmo e se olhe de fora para dentro. A criança que fala é mais sólida no tocante a suas conquistas, mais descolada da imagem que oferece, e tem mais condições de se lembrar dela mesma. A linguagem, nesse sentido, permite uma saída mais fácil para o ciúme.

Mas, seja como for, é sempre necessário um tempo de trabalho psíquico para que nos reconquistemos; e a criança muito pequena ainda não possui uma reserva muito sortida de experiências afetivas nem de realizações que lhe garantam ser ativa e agente de sua vida. Certa moça, em suas crises de ciúme, precisava repetir várias vezes para si mesma a lista de todos os seus sucessos e daquilo que possuía para poder tornar a se sentir viva no fim desse inventário! Essa recapitulação lhe devolvia um rosto e um corpo dos quais seu ciúme a despojava. Quanto mais solidamente ancorado é um projeto de existência viva, mais curto é esse tempo de recapitulação de si, e menor é a probabilidade de que a oscilação do ciúme se fixe num trauma sem saída. Quanto mais nossos limites são elaborados com base em vínculos falsos e posições masculinas e femininas falaciosas, mais ficamos fadados a nos perder no ciúme. De fato, como uma radiografia, o ciúme revela a ausência de fundações em que tropeça a construção da identidade.

 Sendo assim, acaso é tão espantoso que as descrições canônicas do ciúme se tenham concentrado na criança pequena que contempla com amargura a chegada de um recém-nascido à família? Nesse momento, a criança manifesta abertamente o que é velado pelas cartadas amorosas do ciúme dos adultos: a indistinção passageira (mas vertiginosa) entre o eu e o outro, a porosidade dos recalcamentos, as catastróficas oscilações do ser.

O ciúme do irmão menor

Detenhamo-nos por um momento na descrição do ciúme da criança que ainda é quase um bebê, ou pelo menos muito pequena, que ainda não sabe falar[2] e que, fascinada pela imagem de outra criança a quem sua mãe dá o seio, empalidece de raiva. Desse primeiro choque com um rival derivam todos os outros abalos do ciúme. Quer as dúvidas do ciumento se insinuem devagar, quer se abatam sobre ele com a subitaneidade de um trovão, a entrada do ciúme em cena sempre desenha um antes e um depois: "Nada continua a ser como antes", dizem ciumentos e ciumentas, e o dia da perda da serenidade fica marcado para sempre com uma pedra branca.

Voltemos a esse primeiro abalo e o leiamos à luz da elaboração da distinção entre o eu e o outro. Tentemos imaginar o sujeito em devir que é a criança pequena. Ela imita os que a amam e falam com ela, e usa seu auto-erotismo estreante para edificar um conjunto de fantasias que reúnem suas experiências corporais e seu desejo de viver. Uma das fantasias da criança em processo de sair de sua condição de bebê poderia ser assim definida: ser grande. Não é à toa que o bebê tomado pela intensa "invidia" descrita por Santo Agostinho ainda não possui a linguagem falada. A criança que não fala ainda não possui uma representação estável de seu espaço interno, nem um mapa confiável das fronteiras que a separam dos que a cercam. Encontra-se exposta ao pavor de ficar sozinha e sem recursos; quanto menor ela é, mais seus sistemas de defesa são uma faca de dois gumes, pois trazem o risco de isolá-la ainda mais do mundo externo.

....
2. Santo Agostinho, *Confessions* (Paris, Gallimard, 1993), p. 38 [ed. bras.: *Confissões*, trad. J. O. Santos e A. A. Pina, São Paulo, Nova Cultural, 1996]: a *invidia* [inveja] é descrita nesse texto de maneira impressionante, a propósito de uma criança "tão enciumada e invejosa que ficou totalmente pálida e, ainda não sabendo falar, não deixou de fitar com cólera e azedume outra criança que mamava no seio de sua mesma nutriz".

Qual é a natureza do trauma inegável descrito nessa criança pequena? O bebê, pensa Lacan, empalidece de ciúme "diante da imagem de uma completude que se fecha"³ e que o deixa na porta dessa ligação, excluído. A criança teria ciúme não de um objeto (o seio) que lhe teriam arrancado, mas da relação que lhe é dado ver entre dois seres; ela invejaria, segundo Lacan, um vínculo que um dia conheceu e perdeu. A "completude que se fecha" em torno da mãe e de um outro bebê, esses dois seres tão invejados, é de fato "encarceradora" para o próprio pequeno ciumento, a tal ponto seus alicerces subjetivos, mal esboçados, vacilam seriamente. Esse momento de desmoronamento e tremor é reencontrado no conjunto das situações que desencadeiam o ciúme (tanto das crianças quanto dos adultos). Será que esse "nascimento" do ciúme já não mostra uma regressão dolorosa em ação? Não traduz um recuo insuportável, proveniente da ferida de outro impulso fundamental – o de falar, crescer, ir para o mundo, separar-se da mãe e ser livre?

Sem estar ainda inteiramente construído, o "infans" que não sabe falar tende a se confundir com o bebê que vê nos braços da mãe. Ao mesmo tempo, sua maturidade já o levou a dispor de muito mais autonomia do que aquele a quem contempla com acrimônia. Assim dilacerado, atraído de um lado pela imagem que vê e de outro por seu desejo de crescer e ser autônomo, ele já não sabe quem é nem quem deve procurar ser. O desejo da mãe transforma-se num mistério. Ele já não compreende o que a mãe quer dele, nem o que ela ama, e sofre ainda mais quando o nascimento do caçula chega cedo. A partir daí, a mãe parece-lhe inquietante, "diferente" da que ele conhecia e que, dedicando-se a ele, costumava envolvê-lo com a "beleza"⁴ de suas atenções. Às vezes, a mãe chega até a lhe

....
3. J. Lacan, *Le séminaire, livre XI, Les quatre concepts fondamentaux de la psychanalyse* (Paris, Seuil, 1973/ 1990), p. 105 [ed. bras.: *O seminário*, livro 11, *Os quatro conceitos fundamentais da psicanálise*, trad. M. D. Magno, Rio de Janeiro, Jorge Zahar, 1979, p. 112].
4. D. Meltzer e M. Harris Williams, *The apprehension of beauty: the role of aesthetic conflict in development, art and violence* (Old Ballechin, Strath Tay, Clunie

parecer "feia"[5]: com efeito, o *infans* já não é seu "falo"[6]. Nesse momento, a criança dá-se conta de que a mãe tem um "interior" enigmático, que entra em conflito com a bela harmonia que ele deseja ter com ela. Impera na criança uma confusão perigosa. Seu *status* de sujeito vem abaixo, no exato momento em que ela se apoderava dele. Tomada pelo ciúme, a criança não é mais capaz de distinguir entre os benefícios do amor e as vantagens da destrutividade. Os primeiros lhe permitiram identificar-se com o que ela recebeu de "bom" para crescer. As últimas lhe abriram o caminho do desprendimento. Com efeito, convém destruir fantasisticamente o objeto amado para experimentar sua solidez[7] e sua permanência. É só então que, ao "sobreviver", um objeto de amor pode ser situado fora da área dos pensamentos onipotentes que, nos primeiros tempos de vida, dão a ilusão de que a realidade se conforma aos desejos. A oscilação flexível entre amor e destrutividade, necessária à vida psíquica e à elaboração do princípio de realidade, fica suspensa no ciúme. A criança enciumada não sabe mais para onde ir. Ela estanca.

Solidão

Quer depare com uma criança menor ou da mesma idade, quer a imagine, sem jamais deparar com ela, a criança ganha consciência, pela imagem desse duplo, não apenas do que ela perdeu – a mãe –, mas também da solidão irredutível que de-

···········
Press for Roland Harris Trust, 1988) [ed. bras.: *A apreensão do belo: o papel do conflito estético no desenvolvimento, na violência e na arte*, trad. Paulo C. Sandler, Rio de Janeiro, Imago, 1994].
    5. E. Gaddini, op. cit.
    6. J. Lacan, *Écrits* (Paris, Seuil, 1967) [ed. bras.: *Escritos*, trad. Vera Ribeiro, Rio de Janeiro, Jorge Zahar, 1998].
    7. D. W. Winnicott, em "Objets de l'usage de l'objet" (*La crainte de l'effondrement et autres situations cliniques*, Paris, Gallimard, 2000), desenvolve a idéia de que a destrutividade cria a realidade, uma vez que mostra à criança que o objeto resiste e sobrevive a sua destrutividade; o objeto que resiste à destruição é posto fora da "área dos fenômenos subjetivos" (p. 232), portanto, no mundo real.

corre disso. Portanto, o filho do homem vivencia a presença de seu ser e sua subjetividade no mesmo instante em que é desalojado de suas certezas. Trata-se de um momento ainda mais delicado na medida em que a criança mal começou a se libertar de suas fantasias de fusão com a mãe, imitativas e onipotentes, nas quais se dava a ilusão necessária de *já ser grande*. No instante em que o pequenino se *vê* num outro diferente dele, a mãe também passa a se lhe afigurar "diferente", estranha, desconhecida, enigmática, distante; assim, em seu confronto traumático com um semelhante (que pode ser ela mesma), a criança apercebe-se de que é um sujeito, diferente de qualquer outra pessoa. A partir daí, toda vez que desponta a possibilidade de ela perder uma posição que tenha valor significativo, surge infalivelmente o risco do ciúme.

A intensidade da falha que alimenta o ciúme tem conseqüências pesadas para a vida psíquica. A aptidão para se deslocar no seio de suas posições identitárias, para suportar as incertezas, para deixar que o futuro se institua a partir do novo, toda ela é tributária da intensidade da angústia que mobiliza o ciúme. Rígido, o ciumento passa a sê-lo ainda mais na medida em que não se reconcilia consigo mesmo. Para a criança, a saída do ciúme consiste em ela reatar o mais depressa possível com as fantasias que sustentam seu desejo de viver.

Nessa idade, a criança é muito frágil, porque não tem a seu dispor um grande arsenal de realizações e identificações que estabilizem suas fantasias criadoras essenciais. Além disso, ela está em processo de transformar suas "identificações imitativas" fusionais em identificações "orientadas para a realidade, [que] conduzam, no curso de [seu] desenvolvimento, à possibilidade de uma relação objetal madura"[8]. Esse hiato entre uma fantasia onipotente e uma fantasia criadora explica o extraordinário sofrimento suportado pela criança pequena quando ela é ciumenta.

··········
8. E. Gaddini, op. cit., p. 51.

Seu movimento libertário a impele a crescer, a se separar daqueles que a sustentaram temporariamente e a rumar para o desconhecido; mas ele é interrompido pela experiência traumática que faz a criança apreender que ela existe, não mais sabendo *para quem* existe. Essa suspensão passageira pode passar despercebida. A criança é então levada a imitar aquele que desperta a atenção de sua mãe ou seu pai. Com isso, regride a uma etapa que já havia ultrapassado, e essa regressão é incômoda por si só. Por exemplo, uma dada criança já desmamada quer voltar para a mamadeira, como o bebê que acaba de nascer. Nesse caso, mais vale o adulto divertir-se com isso na companhia dela (exagerando esse comportamento, por exemplo), e em todo caso acompanhá-la, do que frustrá-la. Por trás dessa atitude, com efeito, a criança manifesta ter perdido de vista seu orgulho de ser "grande". Quando brincamos com a regressão, permitimos que a criança zombe dela, em vez de agravá-la.

Assim, no ciúme, o que se expressa é o perigo de uma identidade mal constituída. Ele é uma conseqüência desta, e não uma causa.

Primogênitos e caçulas

Por provir de uma vacilação da identidade, a expressão do ciúme na criança é normal e não deve ser entravada. É a fixação dessa posição, sem possibilidade de esperar que surja posteriormente o desejo de sair dela, que se revela nefasta.

Não é raro a criança enciumada com o nascimento de um caçula dizer: "Ele vai ser devolvido", ou "Ele que volte para o lugar de onde veio". "Você acha que ele vale tanto assim?", perguntou outra menina diante do irmãozinho. Ninguém gosta de ser perturbado em seus referenciais, e o recém-nascido, apesar de amado, ainda assim é um intruso, mesmo na idade em que a criança já fala. Certo garotinho, diante do irmão caçula recém-nascido, fez as malas, empilhou seus pertences e, contemplando tudo que possuía, decidiu que, afinal de contas, ia permanecer na família, já que não tinha "nada" e, afinal, não era "nada". O sujeito esquece quem é, alienando-se naquele ou naquela de quem sente ciúme. Essa mistura entre si mesmo e o outro é uma das facetas do trauma.

As crianças passam por momentos de regressão quando ficam enciumadas; no entanto, podem sair deles, desde que a saída não seja bloqueada pelos conflitos inconscientes dos pais. Toda fragilidade, com efeito, expõe o indivíduo aos impasses inconscientes do meio que o cerca, a ponto de ele não poder mais opor-lhes resistência. O ciúme é o sinal dessa "desorientação". Assim, algumas crianças cristalizam os problemas não resolvidos de seus próprios pais. Um menino que foi momentaneamente afastado da família, em razão de problemas de saúde da mãe, viu-se rotulado, ao voltar, com o epíteto de "ciumento", toda vez que manifestava sua cólera contra os que haviam permanecido em casa. Assim, despojado do trabalho de diferenciação e reconciliação que seu furor reclamava, seu tempo normal de elaboração psíquica ficou necessariamente congelado: ele passou a ser o "ciumento de plantão", rejeitado pelos irmãos e pelas irmãs.

O trabalho psíquico que o encontro com a alteridade implica fica entravado quando a criança em luta com ela mesma encontra no pai ou na mãe, ainda por cima, o sinal voluntário ou inconsciente de um repúdio de seus esforços. Os efeitos dessas rejeições são ainda mais graves quando se dirigem a uma criança muito pequena, ainda imersa no mundo das emoções da mãe. Ela passa a perscrutar esta última de maneira ainda mais apaixonada, em busca dos sinais de seu desejo. Nesse caso, o que o ciúme interroga é a dimensão simbólica do apego materno: "Há ou não há alguma coisa sensata nesse amor?", indaga a criança, no silêncio de seu olhar inquieto.

Quanto menor é a criança mais essa espera se enche de angústia e mais preciosas são as palavras que ela recebe. Quando a mãe dá a impressão de preferir outro filho, a separação entre a criança e a mãe assume a aparência de uma morte anunciada. "Eu sempre quis ter uma filha", dirá, "sem pensar", uma dessas mães ao filhinho doente de ciúme, por ocasião do nascimento da irmã menor. Não mais ocupando um lugar no que a mãe enuncia, já não se sentindo sustentado, este passa a se perguntar para que crescer e atravessa um verdadeiro episódio depressivo. Essa pergunta se superpõe a uma outra, ainda mais radical: saber para *quem* crescer. Quando a resposta a essa interrogação deixa de ter sentido, a criança desmorona.

Tornou-se moeda corrente falar do ciúme dos mais velhos ou dos caçulas. Alguns pais toleram intensas manifestações de ciúme, sem se aperceberem de que tais manifestações se dirigem contra eles; sua permissividade é tão inquietante para a criança violenta quanto para aquela que tem de suportar um "ciúme" considerado normal. Ora, o verdadeiro trabalho do ciúme é silencioso, e as crianças raramente fazem com que seja ouvido pelos adultos, ou então estes escutam demais ou de menos o ciúme de seus filhos. Em ambos os casos, o espaço do trabalho psíquico dos filhos é invadido pelos conflitos e impasses dos próprios pais.

Assim, esquece-se de que, para além das feições que assume, o ciúme é sinal de uma "fixação", cujas razões é preciso interrogar. Por isso, os ciúmes dirigidos aos mais velhos afiguram-se necessariamente muito diferentes dos dirigidos aos caçulas. Estão relacionados com a impaciência dos menores e com sua ambição de se parecerem com os mais velhos, e mais comumente se confundem com a rivalidade; o caçula quer *ter* as prerrogativas dos "grandes", de imediato e sem demora.

Rivalidade e imitação

O caçula admira o mais velho em razão de sua condição de "grande" e pelo simples fato de ele o haver precedido na existência. Procura parecer-se com ele e, ao mesmo tempo, gostaria de se distinguir dele. Essa fase, tão necessária quanto dolorosa, dura o tempo de elaboração da diferença entre o próprio sujeito e o outro. O ciúme dos privilégios do mais velho, que o caçula quer prontamente para si, às vezes se articula mais abertamente. Cabe a ele aprender a adiar. Como tempo de hesitação e trabalho psíquico, esse ciúme não tem de ser comentado nem negado: ele existe, simplesmente. O ciúme corresponde a um momento de elaboração e deve ser lido como tal.

No entanto, em função da intensidade ou da profundidade dos distúrbios da identidade sofridos, ele pode permanecer mascarado e invisível por muito tempo, antes de surgir de maneira catastrófica. Embora a rivalidade com o mais velho acarrete um conflito entre o desejo de se parecer com ele e o de se distinguir dele, o desejo de distinção, numa fase mais regressiva, ou seja, o desejo do caçula de ser ele mesmo, pode sucumbir em prol de uma simples "imitação" do mais velho. O caçula aprisionado nesse dispositivo passa então a nutrir pelo mais velho um ódio inextinguível, na esperança de expulsar de si mesmo essa coerção à imitação, transformada, para ele, num verdadeiro jugo.

Assim, alguns estados delirantes e a maioria das anorexias começam, preferencialmente, na adolescência. Quando se busca um elemento desencadeador, não raro se observa que um irmão ou uma irmã a que o(a) adolescente era muito apegado(a) saiu de casa, ou estabeleceu um relacionamento amoroso, pouco antes da irrupção dos distúrbios. A confissão de um ciúme intenso é freqüente, e ele se afigura ainda mais assustador, para quem o descobre, por levar a pensar que o adolescente não pode viver sem esse irmão ou irmã, cuja vida ele parasitava sem que ninguém soubesse. O ciúme que se confessa é ainda mais alienante quando, nesses casos, a imitação do irmão ou da irmã se afigura a única solução encontrada para continuar a viver. Esse dispositivo, que utiliza o refúgio de um outro corpo, condena o indivíduo a existir "fora de si".

Certa jovem iniciou sua "carreira" de anoréxica depois que a irmã mais velha começou a dela. "Levei um choque quando a vi tão magra; ela não pensava mais em mim, só na comida, e ficava contente, ainda por cima!", disse a moça, antes de acrescentar, por ocasião da psicoterapia: "Parei de comer para mostrar meu corpo a minha irmã, e para ela finalmente se ver como era. Quero que ela volte a ser como antes." Essa jovem havia vivido na fantasia de um corpo comum à irmã e a ela; de certa maneira, compartilhava disfarçadamente a identidade da irmã. Por isso, quando a irmã, por razões que lhe eram próprias, iniciou sua "greve de fome", a adolescente desmoronou ao constatar que já não era "uma só" com ela. Descobriu desse modo a existência de sua rival – a anorexia – e passou a viver em função desta; queria ser *como* a anorexia da irmã, queria exibi-la, sê-la.

Esse ciúme manifesta, em caráter extremo, o desejo de dominação que age em todo ciumento que se apropria completamente da "vida" daqueles ou daquelas a quem atormenta, de modo mais ou menos aberto. Os anoréxicos não se "vêem" mais no olhar dos outros e se comprazem com uma imagem[9] irreal de seu corpo. As palavras dessa jovem nos mostram a que ponto ela queria ser a *imagem* da irmã, refletida num espelho. Como não tivera meios para estabilizar uma imagem inconsciente[10] do próprio corpo, ela tomara emprestados outras imagens e outros corpos para viver; ao se romper esse equilíbrio, quando a irmã tomou um rumo imprevisto, ela o restabeleceu tornando-se *igual* à irmã, *sendo* a imagem da irmã. Através da anorexia, ela se alienou numa imagem, por não haver podido construir um corpo desejante que lhe pertencesse propriamente. Serviu-se de um recurso acessível ao falasser, que, diante de situações impossíveis, opta por "viver em qual-

----
9. F. Dolto, L'*image inconsciente du corps* (Paris, Seuil, 1984), p. 153 [ed. bras.: **Imagem inconsciente do corpo**, trad. Noemi Moritz Kon e Marise Levy, São Paulo, Perspectiva, 1992]: "A imagem escópica torna-se um substituto da imagem inconsciente do corpo e provoca na criança o desconhecimento de sua verdadeira relação com o outro".

10. Por "imagem inconsciente do corpo" Dolto entende "uma rede de segurança linguageira com a mãe" (ibid., p. 150), que permita à criança enfrentar as necessárias separações desta por meio das quais ela se individualiza. A imagem inconsciente do corpo não é a imagem no espelho, que constitui uma aparência alienante quando se revela um refúgio diante das falhas da imagem inconsciente do corpo.

quer lugar fora do próprio corpo"[11]; foi dessa maneira que ela tentou tornar irreal a dor de seu ciúme.

Será que é somente a gravidade desses estados que nos deve fazer consentir em considerar as ligações entre o ciúme e as graves falhas simbólicas da identidade? Ao aceitarmos considerar a hipótese de que todo ciumento sofre de uma indistinção (passageira ou duradoura) entre ele mesmo e o outro, já não nos surpreenderemos, ao contrário, por constatar que a persistência de uma (a confusão) conduz à permanência do outro (o ciúme).

As hesitações do ciumento

Diante da destituição sofrida por nosso pequeno sujeito ao deparar com seu semelhante, ele é captado por uma verdadeira sideração; não sabe mais quem é nem o que o mundo quer dele, e hesita, inseguro. Suas estratégias de separação e individuação parecem ultrapassadas; as primeiras barreiras de proteção que ele havia elaborado (os recalcamentos e as fantasias), e que mantinham a distância seus pavores primitivos, também parecem afetadas por uma estranha fragilidade, tornando-se porosas. A partir daí, o mundo inteiro parece formular-lhe uma pergunta enigmática e angustiante.

O ciúme, portanto, não é um "estado normal", mas revela uma "oscilação" dolorosa que, esta sim, é "normal", sob a condição de não durar indefinidamente. Um duplo movimento conflitante, de aspectos diferentes conforme a idade, exprime-se nele: crescer ou não crescer, amar ou detestar, tornar-se igual a um outro ou continuar a ser quem se é. O ciumento "em suspenso", fixado em seu ciúme, está, ao mesmo tempo, sujeito a uma oscilação perpétua. Quanto mais se sente excluído de referenciais flexíveis e adaptáveis mais se per-

....
11. G. Pankow, *L'Homme et sa psychose* (Paris, Aubier-Montaigne, 1969), p. 62 [ed. bras.: *O homem e sua psicose*, trad. Marina Appenzeller, Campinas, Papirus, 1989].

manece fixado na imitação e mais esta, tragicamente, oferece uma solução frágil e dolorosa. Essa forma de regressão esclarece as oscilações entre amor e ódio nos ciúmes fraternos; quem é sua presa se sente obrigado, paradoxalmente, a se confundir com aquele de quem, ao mesmo tempo, gostaria de se distinguir.

A criança tanto precisa imitar os mais velhos e seus pares, com o intuito de testar seus limites, compartilhar suas experiências e elaborar referenciais, quanto regride para estratégias alienantes de imitação quando vem a perder o senso de seu ser. A criança não "quer" imitar os irmãos e irmãs por um "desejo de imitação", como R. Girard[12] julgou dever individualizá-lo sob o rótulo de "desejo mimético". Se ela os "imita", é à maneira de uma etapa necessária e incontornável no processo de construção de si mesma, muito diferente das raivas e oscilações do ciumento, que hesita entre ele mesmo e o outro, sem saber de que outra maneira expulsar de si a violência de não ser ele mesmo. Assim, não teria R. Girard desconhecido e tomado por um "desejo" a angústia atroz do pequeno ciumento, obrigado a renunciar a se tornar ele mesmo? Ao contrário do que propõe esse autor, somente vivas identificações[13] com os irmãos mais velhos e os menores, e não as restrições da imitação, têm condição de garantir "aquilo que une os seres que experimentam o mesmo desejo de que sua amizade permaneça [...] indefectível"[14]; os jugos resultantes da imitação transmudam-se em ódios inextinguíveis quando a confusão entre o si mesmo e o outro depara com um obstáculo. É uma suspensão no caminho das identificações que leva a essas regressões para a imitação[15] do irmão rival. Verdadeira prisão, geradora de ódios e ciúmes impossíveis de desarraigar, essa regressão mimética nada tem de "desejo".

----
12. R. Girard, *Shakespeare: les feux de l'envie* (Paris, Grasset, 1990).
13. As identificações simbólicas articulam a diferença entre o mesmo e o outro e, desse modo, possibilitam vivê-la.
14. R. Girard, op. cit., p. 9.
15. E. Gaddini, op. cit., p. 52; o autor fala de "regressão imitativa".

Exploração ou imitação, identificação ou ciúme, todos são posições que também nascem do enigma da diferença entre os sexos. Desnorteados, nossos pequenos ciumentos e ciumentas não sabem compreender por que uma pessoa prefere ostensivamente suas filhas, enquanto outra as desencoraja, ou só pensa em seus filhos varões. Nas entrelinhas, é possível ler as interrogações concernentes ao orgulho ou à vergonha de pertencer mais a um sexo do que a outro: "Que é que ele (ela) tem mais do que eu?", pensam eles, visando com essa pergunta, mais ou menos abertamente, ao valor sexuado do ou da rival. À medida que o valor narcísico ligado à pertença sexuada vai crescendo com a idade, não é de admirar que essa pergunta apareça em primeiro plano nos ciúmes amorosos.

Essa necessidade de referenciais entra em jogo na totalidade dos casos, seja qual for o sexo do "semelhante" (quer se trate de um irmão ou de uma irmã), e o faz de maneira "heterossexualizadora", e não apenas "homossexualizadora". De certo modo, no cadinho dos laços de parentesco fraterno, o que entra em ação é uma "altersexualização". Fecunda, pela folga e pela flexibilidade que instaura, ela permite à criança explorar as identificações que estão a seu alcance, e que são as posições flutuantes masculinas e femininas de seus irmãos e irmãs. Quando bate o ciúme, o que fica ocultado é o amor dessa "altersexualização" entre irmãos e irmãs.

Como se fosse uma isca, os ciumentos sentem-se atraídos pela imagem de outro homem ou outra mulher; todo ciúme aliena o indivíduo numa *imagem* do *mesmo*. Em graus variados, é isso que encontramos nas rivalidades fratricidas, essas "ferocifraternidades".

Estranhamente inquietante

Estamos em condições de destacar que o rival fica tão mais enciumado quanto mais se parece com o ciumento, como se fosse um irmão. Isso em nada esclarece de que são realmente feitos os ciúmes fratricidas. Será que se trata de um amor desiludido ou de um amor inacabado, de uma necessidade de proximidade ou de diferença, ou das duas coisas ao mesmo tempo? Quanto mais próximo é o rival mais o ciumento teme que se revele a dimensão de duplo maléfico que o une àquele cujo poder de atração ele não compreende, e de quem sente ainda mais ciúme. O concorrente nunca é tão familiarmente inquietante quanto na situação em que lembra uma imagem ultrapassada do próprio indivíduo, recorda Freud[16] num texto dedicado ao estudo desses fenômenos de mal-estar. A imagem do duplo, lembra ele, é estranhamente inquietante, por evocar o retorno de "alguma coisa que deveria ter permanecido na sombra e saiu dela"[17]. Que o ciúme, essa angústia "estranhamente inquietante", tantas vezes negada na rivalidade fratricida, esteja ligado a uma oscilação "das fronteiras do eu", da qual Freud fala no mesmo artigo, já não tem por que nos surpreender.

Até no campo da rivalidade profissional, o concorrente lembra um outro "eu mesmo" estranhamente inquietante. "De repente, eu senti que ele queria o meu lugar", diz alguém, atestando o fato de que, desde sua chegada, o rival fora marcado por um halo mágico, carregado de uma ameaça surda. Às vezes, ao contrário, há uma profunda decepção: "Éramos como dois dedos da mão, e ele me apunhalou pelas costas", frase que indica que as delícias daquele que é semelhante ao próprio indivíduo têm fim.

Assim, o surgimento da figura do duplo no rival é necessariamente inquietante, fazendo lembrar a época de não autonomia em que a auto-imagem era sustentada pelo olhar de uma mãe de quem se esperava proteção[18] por toda a eternida-

....
16. S. Freud, "L'inquiétante étrangeté", em *L'inquiétante étrangeté et autres essais* (Paris, Gallimard, 1985), pp. 209-64 [ed. bras.: "O 'estranho'", ESB, Rio de Janeiro, Imago, 1975, vol. XVII].
17. Ibid., p. 246.
18. M. Klein, *Envie et gratitude et autres essais* (Paris, Gallimard, 1978) [ed. bras.: *Inveja e gratidão: um estudo das fontes do inconsciente*, trad. J. O. Aguiar Abreu, Rio de Janeiro, Imago, 1974]. Unimo-nos a Klein em sua afirmação de que o ciumento se sente roubado de um "seio inesgotável e onipresente" (p. 16) que ele

de. A representação do anjo da guarda fraterno resgata a nostalgia disso. Ao mesmo tempo, ele se revela particularmente mal situado para cumprir essa função, a tal ponto contribuiu para o fim de nossa bem-aventurada ignorância. Sem esse encontro com o semelhante, não saberíamos nem que existimos nem que um dia morreremos. Aprendemos isso à nossa custa, de forma brutal, ao contemplar um "outro". É esse o sentimento estranho despertado pelo ciúme, "avesso" do sentimento primordial de segurança que é necessário à construção do eu. Esse saber assustador sobre o próprio desaparecimento ressurge no confronto com o rival. Por conseguinte, já não chega a surpreender que este seja tão detestado.

O ciúme revela a que ponto esse "pano de fundo de estranheza inquietante"[19] se constituiu por ocasião do encontro traumático com o semelhante que, um dia, veio significar nossa morte para nós mesmos. As sensações do ciúme resultam dessas angústias mais profundas e as mascaram. A raiva, o furor e a extrema angústia juntam-se nele; o desequilíbrio, o pavor, a sensação de esvaecimento e de dissociação, por sua vez, formam a paisagem das sensações do ciumento. Quando pequena, a criança não dispõe do uso das palavras para expressar essa aflição; mais tarde, o ciúme adulto traz de volta à memória essas experiências que estão à espera de sentido e reconhecimento. É unicamente sob a condição de o sujeito poder inscrevê-las em si mesmo, graças a uma fala viva, que a estranheza inquietante deixa de ser um abismo que suga as forças do ciumento e transforma-se numa promessa de liberdade.

• • • • • • • • • • •

gostaria de conservar por toda a vida, mas sob a condição de ver nisso uma fantasia "irrealista" regressiva, e não a causa do ciúme.

19. Y. Gampel, *Ces parents qui vivent à travers moi: les enfants des guerres* (Paris, Fayard, 2005). O autor assinala que o confronto brutal com a violência social da Shoah suscitou nas crianças "um sentimento terrível de *unheimlich*, de uma coisa familiar tornada estranha, não familiar, inquietante" (p. 44). No momento em que encerrava este livro, tive a felicidade de dispor de tempo para acolher aqui o encontro dos temas desse autor com os meus.

Capítulo VI
O homem sem ciúme

Xavier não sentia ciúme, sentimento que lhe era completamente estranho. "Seria preciso experimentá-lo a qualquer preço, para 'estar de acordo com a norma'?", perguntou-me ele, em tom irônico. "A senhora não concebe relações amorosas que não sejam marcadas por esse tipo de possessividade?"
Com um sorriso de discreto júbilo, ele me informou que formava com sua mulher um casal livre e exemplar. Os dois haviam instaurado entre si um contrato de generosidade recíproca: levariam uma vida erótica paralela, cada qual por seu lado, porque "a vida é longa, e é inútil nos privarmos dos encontros que ela oferece". Em geral, é mais comum usar-se o argumento inverso: "A vida é tão curta", ouvimos dizer com mais freqüência, "que convém aproveitá-la o mais cedo possível". Surpreendi-me ao pensar que Xavier achava a duração da vida muito longa.
De seu corpo pesado e volumoso parecia emanar uma espécie de cansaço indizível. Por trás de sua postura amável de homem desprovido de ciúme, não estaria ele me falando de um tédio e de um desgosto muito mais profundos do que pareciam? Ele "tinha" de fazer todas as mulheres felizes, afirmou-me – a dele, é claro, mas também aquelas com quem cruzava, tanto suas amigas quanto suas amantes. Facilitar os encontros

delas com outros homens era a ocupação favorita de Xavier. Nenhum ciúme, muito pelo contrário: ele exibia uma satisfação que me deixou perplexa. Cada um é livre para conduzir sua vida como bem entende. Não cabe a um psicanalista determinar o sexo, o número e a escolha dos parceiros dos que se dirigem a ele. Diante dos mistérios da sexualidade, ficamos sempre meio solitários e desarmados. É inútil enaltecer uma hierarquia das descobertas da vida sexual, visto que todas elas vão na mesma direção: buscar uma reparação de feridas secretas. Sendo assim, que é que me incomodava? Que mal havia em ele querer tornar felizes suas amigas e amantes? Esse homem só jogava para ganhar, procurava dirigir-se à mulher em mim (nunca havia pensado em se dirigir a um psicanalista do sexo masculino, "de modo algum!", acrescentou) e dava-me a contemplar seu palácio de sonhos, passível de encantar qualquer um. Não havia nada que pudesse suscitar revolta ou indignação, muito pelo contrário. À medida que o escutei, no entanto, meus pensamentos e minhas associações paralisaram-se progressivamente. A desenvoltura, a facilidade e até a familiaridade com que ele falava comigo, embora estivéssemos nos encontrando pela primeira vez, contribuíram para meu mal-estar.

Fiquei incrédula. Seria a lembrança das observações de Freud[1] sobre o amante que, não mostrando nenhum desejo de possuir uma mulher só para si, parecia ficar perfeitamente à vontade na relação triangular? Mascarando a concorrência surda com o pai (o "terceiro lesado" da história), suas escolhas recaíam exclusivamente em mulheres sobre as quais um marido, um noivo ou um amante pudessem fazer valer seus direitos de propriedade[2]. Ora, não se observava nada disso em Xavier.

....
1. S. Freud, "Contributions à la psychologie de la vie amoureuse", I, "Un type particulier de choix d'objet chez l'homme", em La vie sexuelle (Paris, PUF, 1970), p. 49 [ed. bras.: "Contribuições à psicologia do amor" e "Um tipo especial de escolha de objeto feita pelos homens", ESB, Rio de Janeiro, Imago, 1975, vol. XI].
2. Ibid., p. 48.

Ele não tinha ciúme dos maridos, nem dos ex-amantes de suas amantes, nem dos recém-chegados. Procurei em mim os motivos de meu próprio incômodo diante desse homem que, ao que parecia, se interessava tanto pelo bem-estar alheio.

– A senhora parece não gostar tanto das mulheres quanto eu – disse-me Xavier, à guisa de conclusão provisória, com um ar divertido e ligeiramente condescendente.

Iniciou então um longo elogio às mulheres e ao que chamava de "a feminilidade", da qual tinha uma necessidade vital, segundo afirmou, ao passo que suas relações masculinas quase não lhe interessavam. As "mulheres", o "feminino", a "feminilidade" (três termos que ele usava indiferentemente) eram, para Xavier, o sal da vida. Próximo do mundo delas, ele as compreendia melhor do que elas mesmas, e gostava de ser seu amigo e confidente. A seu ver, eu seria uma mulher como todas as outras, e ele estaria me propondo, em linguagem velada, satisfazer também a mim, ou será que, ao contrário, estava tentando me dar a entender o quanto eu escapava dessa categoria? Debatendo internamente esse assunto com ele, percebi que Xavier havia conseguido me fazer perder de vista as razões que o levaram a procurar um(a) psicanalista – uma corja que ele não apreciava muito, aliás. Embora afirmasse ter perdido o gosto pela vida, ele não deixava transparecer nada disso. Perguntei-me aonde queria chegar.

Nesse exato momento, como se lesse meus pensamentos, ele voltou às razões que o haviam levado a buscar uma consulta. Fazia algum tempo que se inquietava com uma impressão de falta de nitidez, de névoa generalizada e angústia difusa em seu relacionamento com as mulheres. Sentia-se alarmado por não conseguir mais satisfazê-las "como antes". "De que adianta viver?", acrescentou, para completar o quadro de sua "depressão". Por outro lado, como perdera toda a atração pelo desejo sexual, ele via seu pênis com uma perplexidade inquietante, como se não soubesse o que "tinha ali". Tal como se apagaria de uma fotografia o vestígio incômodo de alguém, ele constatava, consternado, um espécie de "branco" e de ausência no tocante a seu sexo. Interrogando-se sobre as mulheres e seus desejos, Xavier temia que elas quisessem dele alguma coisa que já não lhe fosse possível "fornecer". Nesse momento preciso, interrompeu-se e perguntou-me:

– Será que estou entediando você com minhas histórias?

Evidentemente muito mais "entediado" que eu, Xavier, renunciando a dissimular seu mal-estar sob uma agressividade latente, atestou, por essa inquietação, que o vínculo entre nós se havia estabelecido. Assim, liberta de sua "generosidade" hipnótica e suave, pude atentar para o pendor depressivo que o fizera procurar minha ajuda. O cerco de hostilidade surda em que eu me sentira tão prontamente encerrada sugeriu-me que ele estava procurando expulsar de si mesmo (projetando-a em mim) alguma coisa em que ele próprio se sentia espremido.

Assim, fazendo-o observar a dimensão coercitiva do imperativo que o habitava – "ele *tinha* de fazer *uma* mulher feliz" –, sublinhei o caráter impessoal daquilo. Na medida em que ele proclamava *ter* de tornar *uma* mulher feliz, qualquer uma, toda estranha ou desconhecida tornava-se passível de ocupar esse lugar anônimo, que ele conferia a todas e a nenhuma em particular. Ele dava a impressão, acrescentei, de estar oprimido sob o peso de uma tarefa impossível de realizar, um trabalho de Sísifo. Será que isso tinha alguma ligação com a sensação de esgotamento, de cansaço ou de "o que adianta" do qual ele se queixava?, perguntei.

A jangada da Medusa ou os náufragos do desejo

– É verdade, o prazer é para os outros, não para mim. Nunca pensei muito em mim. Quando faço amor, por exemplo, não sinto grande coisa. Não gosto que a mulher se preocupe comigo, me toque, é a mim que cabe fazer isso. O prazer é sempre uma espécie de morte, como se me arrancassem alguma coisa contra minha vontade – disse Xavier. E acrescentou, rindo: – Com as pílulas, agora ficou perfeito, a coisa funciona sozinha! Realmente não estou nem aí para ninguém! Um verdadeiro morto. Não sou lá uma grande alegria, não é? Assenti sem acrescentar nada, pensando no "verdadeiro morto" de quem ele ria e nas formas de "frigidez" masculina[3] das quais pouco se fala.

Passado um momento de silêncio, Xavier evocou o episódio que o levara a buscar uma consulta. Ao contemplar no Louvre o quadro *A jangada da Medusa*, de Géricault, que representa os sobreviventes da agonia do naufrágio da fragata epônima, as lágrimas o haviam assaltado de maneira violenta e incontrolável. Nessa tela, numa jangada improvisada, no meio de um mar revolto, moribundos e vivos amontoam-se, enquanto apenas alguns ainda encontram energia, num derradeiro esforço, para se levantar e pedir socorro. A partir desse episódio, inundado por emoções que o dominavam de maneira anárquica, a todo momento e em qualquer ocasião, Xavier havia consultado um psiquiatra, que prontamente lhe receitara antidepressivos. As lágrimas haviam cessado, mas não o sentimento de insignificância e cansaço que o paralisava. Desarmado, ele havia acabado por se dirigir a mim.

Ao afirmar em alto e bom som sua veneração pelas mulheres, seu sucesso nas relações com elas e sua falta de ciúme, porventura ele não se via, secretamente, como um dos moribundos do quadro? Foi nisso que apostei. Talvez estivesse na hora, sugeri-lhe, de "devolver a palavra aos moribundos que, dentro dele, haviam feito eco a uma voz infantil, a qual, sem dúvida, ele havia negligenciado e feito calar durante muito tempo". Ao ouvir essas palavras, ele me olhou com intensidade, surpreso, visivelmente emocionado, e reencontrou as lágrimas enxugadas pelos antidepressivos.

••••••••••
3. Ibid., p. 61: "Não podemos deixar de pensar que o comportamento amoroso do homem, em nossa civilização atual, tem em seu conjunto o caráter da impotência psíquica". Para Freud, essa impotência psíquica geral era conseqüência da separação, típica do homem, entre a mulher "de vida fácil", sexualmente desejada, e a mulher amada, que representaria a figura materna idealizada, mas não erótica.

— A senhora conhece essa criança? – perguntou-me, prorrompendo em soluços. Abrira-se uma brecha para lhe restituir a vida.

Ele me fizera experimentar, na plenitude de sua força, a violência da dominação que o oprimia e o aprisionava, e que o obrigava a tirar de circulação o desejo erótico. Se Xavier não podia recorrer à excitação do ciúme, caberia ver nisso a causa de sua "anestesia" sexual ou indagar por que ele não *podia* sentir ciúme?

Desde o começo da entrevista, ele tomara o cuidado de deixar claro que havia acabado de completar cinqüenta anos, a idade de sua mãe na ocasião em que seu pai a havia abandonado. Ao deixar a esposa cheia de imprecações contra os homens e aos cuidados do filho, portanto, esse pai havia também sobrecarregado Xavier, na idade em que este começava a ter sua vida de homem, com uma mulher deprimida. E será que esse abandono não havia sido ainda mais apavorante pelo fato de o pai haver morrido pouco depois? Seria fortuita a coincidência de idades entre a depressão de Xavier e a de sua mãe? Teriam os impasses da mãe começado a invadi-lo?

Um corpo sem vida e um olhar voyeur

Xavier acabou esclarecendo a natureza de suas relações com as mulheres, que pareceu bem mais estranha do que ele havia sugerido num primeiro momento. Dos mantimentos aos amantes, ele zelava por tudo. Empenhava-se em reduzir a nada a mais ínfima iniciativa delas, para que, em troca, as mulheres esperassem tudo dele. Provia financeiramente as necessidades delas, e suas parceiras eram rapidamente transformadas em pobres "moças perdidas".

Fui informada de que ele não se contentava em organizar encontros entre suas amantes e os supostos namorados delas, mas também gostava de assistir a esses encontros como *voyeur*. Por mais que afirmasse, em seu foro íntimo, que não estava excluído da união deles, já que, em sua opinião, era ele quem

conjugava os corpos femininos e masculinos, Xavier só conseguia enganar a si mesmo. Seu desejo de dominação certamente se satisfazia com esse dispositivo, tornando inútil qualquer ciúme, porém essa dominação continuava meio irreal e fantasiosa, reduzida unicamente ao gozo de um olhar. A satisfação que ele extraía disso era insignificante: a partir do instante em que oferecia suas mulheres a outros amantes que não ele próprio, Xavier proibia-se de desejá-las.
— Minha mãe me dizia que todos os homens eram safados, que faziam mal às mulheres — relembrou.
Sua vida sexual se desenvolvera aos trancos e barrancos nesse contexto, que mesclava culpa e inquietação. Atraído pelas mulheres, ele havia experimentado, ao mesmo tempo, um imenso pavor de se assemelhar às descrições feitas pela mãe.

Assim, pusera seu corpo masculino "entre parênteses", contentando-se em saciar seus desejos por meio de um voyeurismo do qual extraía magras satisfações. Ao participar "a distância" do encontro entre um homem e uma mulher, obrigando-os a aceitá-lo entre eles, Xavier decerto conseguia contornar qualquer ciúme, porém seu corpo anestesiado manifestava o quanto ele permanecia excluído dessa união, privado do direito de ter seu próprio corpo erótico. O prazer ficava reservado "aos outros". Será que com isso ele não acusava implicitamente a mãe e o pai de não lhe terem dado o direito de ser, *como* eles, um ser sexuado?

E será que seu ciúme, de maneira ainda mais radical, não era negado, pura e simplesmente, a exemplo de sua pertença ao gênero masculino? Acaso ele não procurava evitar a qualquer preço uma questão atrozmente dolorosa, a de sua pertença a essa "espécie" que ele observava de longe?

Humilhação materna e virilidade refreada

Na hora de entrar em meu consultório, era sempre com uma insistência cortês que ele fazia questão de me ceder a passagem. Quando o interroguei sobre esse hábito, primeiro ele respondeu

que "preferia" ficar atrás de mim para se proteger de meus olhares. Assim, percebi que essa falsa cortesia lhe permitia olhar-me "a distância", impedindo-me de fitá-lo com atenção.
— E o que é que não deve ser visto? — insisti.
— Meu corpo — respondeu ele —, meu sexo, isso tudo.
Xavier evitava mostrar-se nu diante das mulheres, que, em sua opinião, só poderiam ficar infalivelmente desgostosas com o que descobririam. Ao arrancar do silêncio essa certeza muda, ele pôde distanciar-se dela e desligar-se de seu peso inexorável.
"Como ele é feio!", havia exclamado sua mãe quando "o" vira nascer. E o que teria ela visto naquele momento senão o sexo do filho? Durante toda a vida, Xavier havia sentido muita vergonha de ser menino. A feiúra a que a mãe o destinara, ostensivamente, também havia sido um modo de aliená-lo nela mesma. Essa mãe não amava no menino a masculinidade que escapava a seu poder. Uma mãe não olha para o sexo do filho apenas com os olhos, mas também com seu amor e com suas angústias. Para essa mulher, a virilidade tinha de ser negada, reduzida a um pedaço vulgar de carne, a um penizinho que ousava "se levantar" sem sua ordem, quando, por exemplo, o filho a acompanhava na ida à costureira. Ela chegava até a se aborrecer com isso, gritando coisas incompreensíveis, das quais ele havia guardado um sentimento difuso de vergonha.

Algum tempo depois, Xavier espantou-se com o fato de eu não parecer excessivamente incomodada com seu "corpanzil pesado", muito maior do que o meu. Confessou que tinha medo de me invadir sexualmente, que era constantemente atormentado pelo medo de me "esmagar". Ao se afastar ostensivamente de mim para me dar passagem, acaso ele não mostrava suas dificuldades de habitar seu "corpanzil", cujos limites parecia desconhecer? A "feiúra" com que a mãe o havia oprimido entravava qualquer representação positiva de seu sexo, deixando uma lacuna que o tornava canhestro e desastrado. Por isso, toda vez que era invadido por uma emoção, a angústia de ser "invasivo" o oprimia. E então ele se esforçava por se apagar, para não se tornar um "estorvo", do mesmo modo que, quando pequeno, esforçara-se para desaparecer, a fim de não aborrecer a mãe. Muitos ciumentos tiveram experiências similares. "É que eu sou tão feio que ela amará outro, obviamente mais bonito", diz um deles, louco de ciúme por causa da "beleza" do rival. A imagem que eles (ou elas) têm de seu corpo sexuado parece-lhes tão mais "feia" quanto menos sua mãe tiver revestido essa representação de maneira amorosa. O olhar do pai – o orgulho que ele sente de pertencer a seu próprio sexo e o orgulho que sente da feminilidade de sua mulher – desempenha um papel igualmente essencial no amor-próprio sexuado de cada um de nós. Sem essas conjunções de olhares amorosos, o corpo permanece como uma massa de carnes feias e desabitadas. Aparentemente abandonado apenas ao olhar lacunar da mãe, Xavier reprimia sua dor e sua cólera reduzindo o campo de sua sensualidade ao de um simples olhar "*voyeur*". Havia desinvestido seu corpo, condenado à insensibilidade, por não haver recebido o direito de fazê-lo existir. À excitação erótica e voyeurista, seu corpo apático e ausente respondia: "Não estou para ninguém".

Embora os ciumentos mantenham um vaivém constante entre amor e destrutividade, Xavier fora completamente paralisado no uso de sua própria violência, que é indispensável, no entanto, para quem quer se libertar dos impasses inconscientes parentais. Essa violência se voltara contra ele mesmo. Sua ausência de ciúme era o avesso de inúmeros ódios e cóleras reprimidos.

Optando por uma terceira via, ele havia sacrificado o próprio corpo, feito dele uma matéria-lixo, de acordo, segundo acreditava, com o "desejo" da mãe. Assim, era possível ler uma dimensão "masoquista" nessa submissão a uma exigência alienante. Ele se fizera "objeto de uma vontade outra"[4].

....
4. J. Lacan, Le séminaire, livre XI, Les quatre concepts fondamentaux de la psychanalyse (Paris, Seuil, 1990), p. 168 [ed. bras.: *O seminário*, livro 11, *Os quatro conceitos fundamentais da psicanálise*, trad. M. D. Magno, Rio de Janeiro, Jorge Zahar, 1979].

Transformado em "coisa" sob o olhar da mãe, vivia à espera de um apoio para se desligar disso.

No seio de sua fantasia – "tornar feliz 'uma' mulher" –, estaria ele socorrendo a si mesmo, deixado sem orgulho, nãohomem? Essa entidade abstrata, "as mulheres", abertamente idealizada, constituía um verdadeiro escudo por trás do qual ele avançava, exercendo uma força hipnótica que "petrificava" aquelas que o fitavam, tal como Perseu petrificou e imobilizou seus inimigos, ao virar para eles a cabeça da Medusa[5]. Eu mesma havia sentido, em nosso primeiro encontro, uma influência quase hipnótica, que me havia "petrificado". Teria esse escudo hipnótico o objetivo de extinguir a vida psíquica de quem a ele se expunha? Xavier parecia imitar os cuidados de uma mãe tão "perfeita" que chegava a sufocar, como que para demonstrar a morte psíquica que ela disseminava. O paciente só usava as mesmas armas da mãe para melhor acusá-la[6] secretamente.

– Minha mãe denegria os homens, e meu pai escutava sem dizer nada. Quando eu quis ir embora, ele se antecipou. E me deixou com mamãe nas costas. Ele é que foi o safado! – disse-me Xavier, finalmente evocando o pai, outro homem como ele, e deixando toda a sua cólera se expressar. O analisando exumou, enfim, os frágeis fragmentos de uma identidade masculina decaída, os moribundos do quadro de Géricault, diante dos quais, passado muito tempo, havia chorado pelo abandono em que ele mesmo caíra.

Que papel teria desempenhado o pai, para que esse filho se sentisse tão pouco respaldado em sua identidade de homem?

....
5. Na lenda, o olhar da Medusa (ou de Górgone) bastava para matar todos os que cruzavam com ele.
6. S. Freud, "Psychologie des foules et analyse du moi", em *Essais de psychanalyse* (Paris, Payot, 1981) [ed. bras.: *Psicologia de grupo e análise do ego*, ESB, cit., vol. XXIII]. Freud remeteu a Ferenczi a descoberta de dois tipos de hipnose: "uma lisonjeira, apaziguadora, que ele relacionava com o modelo materno, e uma ameaçadora, que ele relacionava com o pai" (p. 195). Porventura as duas não fazem a vida psíquica pagar um tributo pesado, petrificando-a?

A demissão paterna

Confrontado com a recusa da mãe a reconhecer sua virilidade juvenil, Xavier certamente poderia ter-se voltado para o pai, em busca de um modelo e de um apoio. O apoio "homossexual", como já se disse, quer se trate de um sexo ou do outro, desempenha um papel crucial na constituição da identidade sexuada do sujeito. Ora, o silêncio com que ele cercava o pai me deixava perplexa.

Quando lhe anunciei que me ausentaria, notei que ele se comprometeu a recolher minha correspondência, como se, por eu ser mulher, também lhe coubesse me "servir". Estaria ele sendo tão atencioso porque a cretina da analista ia se ausentar de maneira imprevista? Foi o que lhe perguntei.

– Hmm... hmm... – Xavier começou a balbuciar –, eu tenho vergonha do que pensei quando a senhora me avisou que ia viajar. Não gostei. Isso não estava previsto. Não entendi por que a senhora ia fazer essa viagem. Eu... hmm... notei que a senhora tinha um sobrenome... enfim, não sei... um jeito... eu pensei... nojenta... nojenta... desgraçada de judia nojenta, pronto!

Caí na gargalhada ao ouvir essas palavras, tanto pelo embaraço dele ao proferir um insulto quanto pela confissão de seu apego. Assinalei-lhe que, para expressar sua cólera, ele havia recorrido a palavras que ele mesmo reprovava. Era mais uma forma de se recriminar.

O pai de Xavier era judeu, mas não a mãe, e o mantivera muito afastado "disso tudo"; só no funeral do pai é que ele havia tomado conhecimento de suas origens.

– Aquele nojento, aquele nojento, aquele safado! Ele não me disse nada, nunca me disse nada, compreende? E, quando minha mãe me enchia o saco, ele exigia que eu me humilhasse diante dela para lhe pedir perdão!

A contragosto, o analisando consentiu em relatar um fragmento humilhante de sua adolescência. "De joelhos!", intimara um dia seu pai. "Ajoelhe-se diante de sua mãe para lhe pedir perdão!" Xavier acabara de ter uma discussão com ela por um assunto sem importância, por se recusar a usar as roupas ridiculamente infantis que ela não parava de lhe comprar. O adolescente recebeu as palavras do pai como uma traição, e ajoelhou-se. Evocar essa humilhação foi uma verdadeira provação para Xavier. Nesse episódio, ele se vira reduzido a zero, abandonado pelo pai e, por sua vez, impossibilitado de rejeitá-lo. Diante dessa situação absurda, ele certamente havia procurado uma solução para sobreviver, engolindo a raiva. E fora em surdina que havia jurado vingança.

Nas relações que havia instaurado com as mulheres, observei-lhe então, ele havia matado dois coelhos com uma cajadada só. Havia encontrado um meio de responder simultaneamente ao pai e à mãe. Vingava-se da mãe, reduzindo as mulheres à sua mercê, e vingava-se do pai, invertendo a ordem recebida (ajoelhe-se diante de sua mãe!) numa ordem que ele infligia voluntariamente a si mesmo (eu me ajoelharei diante de todos os desejos delas).

Mas esse desafio não lhe permitia elaborar uma identidade sólida e estável. Sua imagem masculina, na verdade, não encontrava um modelo em que se apoiar. O pai, nesse caso, era o agente de uma "lei falsa", que "se enraizava no nada"[7]. Sua demissão havia condenado o filho à errância. E Xavier não havia encontrado outra saída senão exibir um corpo apático, protegido de qualquer sentimento: ele não sentia nada, especialmente nenhum ciúme. A partir desse lugar vazio e anônimo em que a identidade masculina ficara barrada e arruinada, ele não podia enciumar-se.

Virilidade postiça e verdadeira posição feminina

Se o pai tivesse sido próximo dele, poderia ter construído com o filho um espaço comum. Com isso, teria aplacado as an-

---

[7]. J. T. Desanti, "L'avenir a-t-il une civilisation?", entrevista com M. Fennetaux, *Césure*, n. 4, pp. 61-92, maio de 1993.

gústias nascidas da recusa materna da sexualidade do menino. A falta de identificação do pai com o filho, sua incapacidade de se aproximar dele, antiga e indefinidamente reencenada durante a infância, havia fixado a agressividade normal de Xavier em relação ao pai num ódio surdo, voltado contra si mesmo. Na adolescência, uma nova chance de ligação havia sido estragada pelo pai.

A experiência sentida pelo filho de certa dependência amorosa do pai (ou daquele que ocupa seu lugar), que Freud chamava de "Édipo invertido" do menino, permite a exploração de uma posição necessária à vida do homem. Permite-lhe constatar que uma atitude dita feminina não leva necessariamente à desgraça. Sob essa denominação, com efeito, podemos abarcar qualquer atividade necessária para que o sujeito seja receptivo ao outro, deixe-se atravessar por ele e acolha em si uma parcela do desconhecido.

Só um "campo de aliança" entre o pai e seu filho pode aplacar esses medos primitivos. Daí o pesar que muitos homens sentem por lhes haver faltado uma cumplicidade amistosa com o pai, cumplicidade esta cuja ausência os deixou numa intensa nostalgia. A atitude do pai de Xavier revelava uma distância impregnada de medo em relação ao filho, ou mesmo uma violência com toques de sadismo. Xavier não pudera partilhar nada com esse homem, e não houvera ninguém em condição de ajudá-lo a apreender que os desafios venenosos e inconscientes da mãe não lhe diziam respeito. Aterrorizado, ele havia abordado as mulheres à maneira do domador que põe a cabeça na boca do leão.

"Judia nojenta" era uma expressão simultaneamente dirigida ao pai, que o havia afastado de suas raízes, e à mãe, a "gói nojenta" com quem o pai o havia abandonado. A partir desse significante, Xavier pôde explorar um universo de fantasias do qual se havia privado até então. Ao estigmatizar sua pretensa "feiúra", será que sua mãe também não se havia dirigido ao que havia de "judeu" nele? O afastamento do pai, assim como sua falta de solidariedade masculina, não haviam significado para Xavier sua exclusão da herança familiar? Que posição sexuada se pode edificar quando se é totalmente isolado e afastado das raízes do genitor do mesmo sexo? Que saída restara a Xavier, senão ter ciúme do povo daquele estranho que fora o pai para ele? Esse ciúme, portanto, havia permanecido no âmbito de uma verdadeira renegação. Se Xavier já não ignorava suas raízes, esse "saber" permanecia como algo formal e vazio. O pai não o havia associado em nada a ele; ao contrário, ele excluíra o filho desse saber. A análise permitiu que o analisando desse corpo a essa parte de si mesmo e à herança que ele havia recebido, a despeito do pai.

O relato fantasiado de nossas origens elabora-se em nós de maneira inconsciente. Nele bebemos a força de nossas identificações, mesmo que estas sejam conflitantes. O jogo erótico de Xavier consistia em recriar as condições de um encontro entre um homem e uma mulher (seu pai e sua mãe), reencenando repetidamente a decepção de ter sido apenas um espectador passivo e impotente desse encontro; quando menino, ele havia "assistido" à vida dos pais, sem nunca ter sido convidado ou autorizado a participar realmente dela. Diante da impossibilidade de ser um dos deles (nem filho, nem bonito, nem judeu), sua falta de ciúme traía as renegações a que ele tivera de se agarrar, na impossibilidade de elaborar uma posição subjetiva ativa. Seu ciúme não podia encontrar lugar diante de uma necessidade ainda maior do que esta: a de preencher as lacunas do relato de suas origens e animá-las eroticamente, como num jogo de marionetes.

A partir desse momento, à luz de suas opções de vida e de seus impasses, Xavier pôde reexaminar integralmente as razões da atitude longínqua e distante de seu pai. Seu romance familiar perdeu o caráter lacunar e pôde funcionar como uma proteção contra as imprecações maternas de tonalidade depressiva. Entretanto, antes que suas relações com as mulheres se modificassem drasticamente e ele reencontrasse o caminho de seu desejo, as agonias do ciúme sacudiram sua apatia.

Ciúme salutar

A criança pode acabar pensando que a alteridade que ela representa para os pais é criminosa; algumas representações muito primitivas de seu corpo trazem a marca das renúncias à vida que ela precisou fazer. Assim, Xavier designava-se com freqüência pela imagem de um "caranguejo", retirada de um desenho que ele havia vislumbrado em meu consultório. Ao contrário do desenho, que representava um menino orgulhosamente montado na carapaça do crustáceo a fim de partir para o mundo, ele se via "caído de costas, agitando debilmente as patas, sem força, à espera da boa vontade de um passante que [o] repusesse de pé". Eu era a passante que se aproximaria dele e o chamaria a sair do corpo apático em que ele definhava. A descoberta do ciúme foi um testemunho disso, sendo verdadeiramente vivenciada e experimentada no espaço da transferência para sua psicanalista.

– Eu achava que a senhora tinha um marido e que ele era um homem de sorte! – concluiu Xavier, um dia.

Quando o convidei a falar mais sobre isso, ele deixou a raiva explodir:

– Tenho certeza de que vocês dois se entendem como ladrões na feira!

O insulto havia dado lugar ao ciúme. A formulação de Xavier, "um homem de sorte", permitia supor que ele se imaginava no lugar de um rival e que agora, portanto, se autorizava a entrar no jogo amoroso, em vez de ser apenas seu espectador passivo. A expressão "como ladrões na feira", por sua vez, evocava simultaneamente os pais, em acordo entre si, o ciúme normal do filho, ligado à sua exclusão da cena erótica parental, e também sua ânsia de igualmente se tornar um "ladrão". Através do ciúme, ele procurou ser reconhecido pelos pais como um dos "deles". Xavier desconhecia, como lhe assinalei, que já havia conquistado esse lugar.

Os ódios de nossos pais não nos deixam indiferentes, sobretudo quando permanecem implícitos e não verbalizados.

Discordâncias profundas e nem sempre conscientes, alianças baseadas em submissões nunca aceitas, lutos jamais superados ou escamoteados, tudo isso se transforma em fonte de enigmas, às vezes insuperáveis. A criança, por lealdade, condena-se a contê-los, mas pode vir a perder seu sentimento de unidade, quando depara com uma posição que lhe é insustentável.

O ciumento ou a ciumenta vivem "fora de si", como vimos, porém torturados; o ciúme atesta um sofrimento que não tem onde se depositar. Sua dor lembra a perda contundente de uma parte de si mesmo, "depositada", na falta de coisa melhor, num outro ser amado, que está sempre ameaçando ir embora ou trair. Quando é impossível viver um arranjo desse tipo, o sujeito pode tentar, por toda sorte de negações, "anulá-lo" magicamente. Anestesiando qualquer vida afetiva, ele se esquiva do prazer e do sofrimento e, ao mesmo tempo, de qualquer ciúme.

Portanto, tal como Xavier, o sujeito pode tentar dominar o medo de ser um objeto de repulsa para os pais, ocupando *por si mesmo e "voluntariamente"* esse lugar, à guisa de desafio; para fazê-lo, Xavier reduzia seu corpo a uma abjeção e *tinha* de tornar qualquer mulher feliz. As estratégias de anulação de seu sofrimento anulavam simultaneamente o ciúme. A dor de não ter nenhum lugar era "encenada" (e, portanto, tornada irreal) no registro sexual, onde ele se contentava em ser um simples olhar *"voyeur"*.

O menino agonizante de *A jangada da Medusa* esperava da analista algo diferente de um olhar petrificado, o qual, no entanto, ele procurou provocar, ao me "paralisar" em nosso primeiro encontro. Com isso ele me desafiou, pura e simplesmente, a devolvê-lo à vida.

Capítulo VII
Rivalidades maternas

No auge do ciúme, Pauline sentia-se tomada pela necessidade de remexer incansavelmente nos bolsos e gavetas do parceiro, em busca de indícios de sua infidelidade. Estaria procurando a prova de que ele a enganava? Ela achava que sim. As buscas incansáveis que agitam a vida dos ciumentos de ambos os sexos encontravam em Pauline uma ilustração exemplar.

Uma escuta mais atenta, porém, revelou que o que ela desejava com esse processo, acima de tudo, era aceder ao universo masculino: "Também gosto de olhar para as gravatas dele, de tocá-las. Ao espionar seu mundo", dizia, "eu o respiro, ele que é o próprio homem, o masculino. Quando vejo alguma coisa cujo uso me escapa, como palavras incompreensíveis num caderno, por exemplo, fico louca de ciúme e, aí, passo horas tentando adivinhar o sentido delas, fazendo verificações. Nesses momentos, sinto uma intensa excitação sexual".

Desvendar os mistérios da virilidade

Qual é o objeto dessa "pesquisa" a que o ciumento ou a ciumenta se entregam com tanta excitação? Nada aplaca neles esse desejo de saber o que o outro sente, pensa ou exprime; uma perplexidade insondável os tortura. Pauline ajuda-nos a esclarecer os termos desse enigma. Ao explorar todos os recônditos do namorado, como se penetrasse na intimidade de seu corpo, ela queria "tocar" um homem, aceder a seu mistério. Emocionada com a magia do sexo oposto, sentia-se então viva e "excitada".

O planeta masculino parecia-lhe ainda mais misterioso na medida em que sua mãe a mantivera a uma distância "respeitável" de suas próprias relações amorosas, como se a filha não devesse aproximar-se dessa esfera, sob nenhum pretexto. Para Pauline, em vista disso, os "homens" passaram rapidamente a pertencer ao território exclusivo da mãe, como uma espécie de reserva de caça que pertencia a ela. "Como é que não me tornei homossexual?", ela me repetia com freqüência. De fato, admirava-se de não ter renunciado à atração que exercia sobre os homens, bem como à atração que sentia por eles, a fim de deixar o campo livre para a mãe. A temível rivalidade de que suspeitava na mãe a apavorava. O pai de Pauline havia deixado a mulher para se instalar na Nova Zelândia, quando a filha tinha dois anos, e desde então ela não tivera notícias dele. De acordo com a mãe, ele refizera sua vida e tivera um filho: "Está vendo? Os filhos ficam com o pai e as filhas, com a mãe!", havia lançado em tom hostil, rindo. A menina desenvolvera um profundo rancor disso, convencida, em seus sonhos, de que o pai a teria levado consigo até o fim do mundo, se porventura ela tivesse nascido "como menino".

Aliás, não lhe diziam a torto e a direito que ela era um "menino frustrado", quando brilhava nos esportes que exigiam habilidade e gostava mais de correr que de ficar desenhando tranqüilamente? Por conta disso, em pouco tempo a menina ficara sem saber para onde se virar. Quanto ao desejo de se tornar mulher, ele deixou de ter graça aos seus olhos. Sem desfrutar abertamente das prerrogativas de sua feminilidade, Pauline não imaginava que o namorado suscitava suas investigações frenéticas... simplesmente por ser homem!

O tratamento psicanalítico revela a presença de fantasmas nos males de que sofremos. Ao trazê-los à tona e identificá-los,

Rivalidades maternas

ele enfraquece sua força de atração. Não haveria espectros desse tipo orientando a busca incansável de Pauline, aparentemente provocada por um ciúme furioso? Sua mãe, como fiquei sabendo, havia sido molestada por um tio e odiava-se por ter sofrido esse incesto. Sua vergonha, transformada em ódio dela mesma, condenara em sua filha a parte ativa da feminilidade. O ciúme que impelia Pauline a uma conduta aparentemente aberrante era uma tentativa de penetrar num mundo sexuado – o dela e o do namorado. Mas essa busca febril só lhe dava acesso a uma forma de excitação repleta de ansiedade, que a deixava insatisfeita e espoliada. Esse era, portanto, um paradoxo do ciúme, que formulava perguntas verdadeiras sem trégua e sem possibilidade de elaborar uma solução de verdade!

Na adolescência, Pauline tivera uma breve paixão por uma mulher parecida com sua mãe, sua professora de letras. A mãe então a havia ameaçado de colocá-la num internato. Assim, convencida de que a mãe a considerava uma "homossexual", ela havia optado por não sê-lo, em seu foro íntimo. "Para mim, os homens são uns extraterrestres", queixava-se a moça com freqüência. E, como ela estava satisfeita com suas relações masculinas, eu não conseguia dar um conteúdo exato a suas reclamações. De vez em quando, ela se dirigia a mim, alternadamente furiosa e acabrunhada:

– Você também é uma extraterrestre! Seduzir um homem não é problema para você. Você pertence a uma espécie que me é estranha: as mulheres!

Pauline não era "como as outras", achava, porque não sabia seduzir um homem: "Arrebatá-lo logo, enfim, como elas sabem fazer. Elas chegam, dão uma voltinha e pimba!". A paciente também se queixava de não ter tido tempo para seduzir o pai:

– Em dois anos de convivência com meu pai, se é que posso dizer isso, não pude conhecê-lo de verdade. Ele não fez mergulho submarino comigo, como o pai da minha amiga Y fez com ela, nunca me explicou nada sobre os homens, não pude vê-lo fazer o que os homens fazem, como consertar coisas, jogar futebol... isso tudo!

Pauline sentia-se excluída da "sólida organização, tanto inconsciente quanto social" que, segundo Michele Montrelay[1], confere aos homens sua "aparelhagem". E não estava errada. O pai desaparecera cedo demais de sua vida. No entanto, apesar de suas denegações, a analisanda parecia-me perfeitamente feminina. Por meio da vida erótica desenfreada que ela me atribuía, o que se expressava era um desespero real. Era viável supor que o universo masculino lhe era desconhecido, porém o que mais lhe faltava era o universo feminino. Embora ela conduzisse sua análise com finura e inteligência, observei o quanto me poupava. Parecia tomar o cuidado de ocupar o menor espaço possível, de não me incomodar a pretexto de nada, de construir entre nós um muro invisível. Fiz-lhe essa observação em certo momento. Ela dava a impressão de me contornar, como faríamos com um objeto frágil ou incômodo. Seria a minha "feminilidade" que, de maneira absolutamente inconsciente, lhe parecia inabordável e a levava a me mostrar o quanto ela a evitava, com todo o cuidado? Não estaria, ao contrário, me poupando, na proporção do que essa feminilidade representava em termos de ameaça a seus olhos? Eu me perdia em conjecturas, muitas vezes irritada com o sentimento de que nosso trabalho comum padecia de certa falta de espontaneidade por parte dela.

O enigma insondável de uma feminilidade roubada

Ao retomarmos nosso trabalho após nossa primeira grande separação, Pauline pediu para falar comigo frente a frente. Concordei, intrigada. Durante as férias, ela tivera dois sonhos em que diversas pessoas queriam roubar objetos pessoais meus. No sonho do qual ela havia guardado a lembrança mais viva, eu enfrentava os ladrões, o que a aliviava muito. Pau-

---
1. M. Montrelay, "La jalousie: un branchement direct sur l'inconscient", "I. Questions à M. Montrelay" (C. Casadamont e J.-J. Blévis) e "II. Réponses de M. Montrelay", *Che vuoi? Revue de psychanalyse, La Jalousie*, Paris, L'Harmattan, n. 6, p. 34, 1996.

line informou-me então que a interrupção de nosso trabalho analítico lhe dera a oportunidade de conhecer um homem mais velho, por quem ficara muito apaixonada. Mas as explorações haviam recomeçado, sem motivo aparente, e ele já não compreendia sua insistência em invadir, sem necessidade, a intimidade do novo namorado.

Numa parte do sonho, eu era assaltada; na outra, defendia-me dos ladrões. Será que ela temia que eu a acusasse de roubo, caso ela tivesse uma vida sexual feliz, e temia, ao mesmo tempo, não conseguir proteger (de mim?) sua nova ligação amorosa? Como Pauline já não tinha certeza de poder distinguir entre imaginação e realidade, o cara a cara havia se tornado necessário para que ela confirmasse que seus temores não tinham fundamento, pensei comigo mesma. Assim, perguntei se ela "desejara me 'ver' de frente para ter certeza, através do olhar, de que nada tinha sido roubado, nem dela nem de mim, pelo fato de ela estar amando um homem".

Um sorriso iluminou seu rosto, ao me ouvir evocar a possível coexistência de nossas vidas eróticas não inimigas. Isso a fez recordar um incidente ocorrido quando ela tinha dezesseis anos e estava passeando com a mãe. A cena se passara pouco antes do novo casamento da mãe, que sofria muito com o celibato. Um desconhecido cruzara com elas na Espanha e exclamara "guapa!"* ao passar. A mãe tomara o elogio para si, mas Pauline sentira a mão do homem tocar em seu quadril e compreendera que o galanteio fora destinado a ela.

E por que não dissera nada? A mãe teria ficado ofendida, ela achou. Em outras situações, já a havia afastado de suas relações masculinas e depois a havia acusado de estar sempre "grudada" nela, responsabilizando-a por estar "sem homem". Assim, por pouco Pauline não renunciara a qualquer vida sexual para não "roubar" nada da mãe. Mas se sua vida erótica não tinha direito de cidadania, ela própria, por sua vez, se sen-

....
* Expressão equivalente, nesse contexto, a "belezura", "gostosa" e similares. (N. T.)

tia "roubada" dos meios para ser mulher. E, assim, vasculhava os armários dos parceiros para descobrir do que fora espoliada. Muitos ciumentos de ambos os sexos apresentam a queixa de terem sido expulsos e despojados por um rival. Os homens comumente se convencem de que esse rival tem uma "potência" fálica que lhe assegura gozar com todas as mulheres e, portanto, rouba seus privilégios. As mulheres, ao contrário, seriam mais propensas a achar que o sexo oposto tem um "fraco" por qualquer outra feminilidade que não a delas. O "outro", para os ciumentos, encerra um mistério impenetrável. Eles vivenciam a impossibilidade de ter acesso a esse mistério como um prejuízo intolerável.

A louca rivalidade de uma mãe

No entanto, se levarmos a sério suas queixas, veremos que o roubo de que se sentem vítimas é uma reivindicação imaginária, por certo, mas que atesta um dano muito real. Sua identidade de homem ou de mulher, isto é, sua identidade sexuada, fica ferida, como se não tivesse sido suficientemente amada e reconhecida. Pauline sondava os segredos do namorado na vã esperança de encontrar neles um saber sobre o "masculino". Seu ciúme era desencadeado diante do mistério de meia dúzia de palavras incompreensíveis, interpretadas de maneira forçosamente hostil. A excitação de suas buscas permitia pensar que, com isso, ela se dava o direito de furtar às pressas um saber sobre o desejo e o prazer ao qual sua mãe não lhe dera acesso.

O esclarecimento do ciúme de Pauline mostrou que seu interesse pelo masculino se sobrepunha a outro muito mais proibido: o que ela nutria por seu próprio sexo. Não havia lugar para nenhuma rivalidade "viável" e "pensável" com sua mãe; sem dúvida, também era essa a razão por que ela me poupava. Com isso, exprimia o sentimento de que nenhum espaço de compartilhamento do eros feminino lhe parecia possível. Em casos assim, o desejo do ciumento manifesta abertamente as condições do desejo em qualquer um: ter sido amado pela mãe, certamente, como um sujeito de verdade, mas também como um verdadeiro sujeito sexuado. Portanto, o interesse hostil do ciumento pelo rival do mesmo sexo deve ser entendido ainda mais freudianamente ao pé da letra; ele (ou ela, tanto faz) espera do rival as chaves do erotismo de seu próprio sexo. É uma expectativa totalmente impossível de satisfazer, mas que indica do que ele foi espoliado. Ao vasculhar compulsivamente as "gavetas do desejo" do namorado, Pauline procurava encontrar sua rival, alguém a quem enfrentar, é claro, mas sobretudo alguém a quem conhecer.

O território da rivalidade entre mãe e filha merece que nos detenhamos nele. Numa primeira leitura, com efeito, era o excesso de rivalidade entre Pauline e a mãe que parecia ter-lhe proibido comparar-se com ela. A "rivalidade" implica que se reconheça um verdadeiro rival. Nessa condição, ela constitui um benefício, porque inscreve um quadro imaginário, mas também simbólico, no qual a violência da apropriação dos significantes de cada sexo inventa suas próprias condições de afirmação. O igual e o diferente articulam-se nela, encenam-se e falam-se.

Inversamente, ao designar a menina ou o menino como "o" rival, a rivalidade excessiva (que provém dos impasses da mãe ou do pai) inibe e imobiliza a criança no pavor; a partir daí, ela já não pode "explorar" com insolência essa rivalidade. A apropriação dos significantes de seu sexo é cumulada de uma dimensão trágica. O filho ou a filha tem sempre a impressão de estar roubando alguma coisa dessa ordem; mais tarde, seu ciúme o levará a desejar homens ou mulheres que sejam objeto do interesse de outros homens ou de outras mulheres; calcando-se no desejo de outros homens, ele convence a si mesmo de que as mulheres são desejáveis (e arranja-se com isso de um modo que parece totalmente masculino); por outro lado, condena-se a "roubar" os significantes de seu desejo, na impossibilidade de ter podido torná-los seus. Por projeção, seu ciúme o leva a crer que ele é "roubado" por um ou por outro.

Se uma menina não encontra na mãe nenhuma forma de eco para seu desejo de se tornar mulher (manifestando-se no campo de jogo da rivalidade), ela corre o risco de deparar com uma negação de si mesma como outro feminino. Ora, a menina aprende muito cedo em que sentido é "fêmea" e em que sentido não o é, precisamente através desse tipo de rivalidade "risonha" mediante a qual ela reconhece secretamente na mãe uma *outra*, também interessada no eros masculino.

Entre Pauline e sua mãe, estava-se longe do jogo de rivalidade normal entre uma mulher e sua filha. Para aquela, a luta era disputada "para valer". Verdadeira adversária aos olhos dessa mulher, Pauline já não conseguia distinguir a realidade de suas distorções. Se lhe parecia tão difícil fazer as distinções entre o sonho e a realidade, o mundo interno e o mundo externo, é porque os referenciais simbólicos que as estruturam haviam sido gravemente lesados. Amalgamando a linguagem da infância com a do adulto, os lugares de mãe e de filha, dos homens e das mulheres, a mãe de Pauline mantinha uma confusão prejudicial.

De momento, mergulhada em sua análise, Pauline tinha tanto mais necessidade de que a psicanalista escutasse em seu sonho o doloroso debate com as acusações que a mãe lhe dirigia porque ela não tinha nenhum meio de confrontá-las com outros testemunhos mais confiáveis. Quando a analisanda se permitia protestar contra os comportamentos enigmáticos e ferozes dessa mulher, esta a rejeitava, acusando-a de "ingratidão", ou negava a legitimidade de sua revolta, censurando-a por "imaginar coisas" sem fundamento. Assim, Pauline ficava encerrada numa relação dual com a mãe, sem que um terceiro pudesse testemunhar as projeções passionais desta na filha. Com isso, todo o seu espaço de pensamento e existência femininos ficava invadido e incerto.

Feminilidade ferida, maternidade envergonhada

Sem dúvida abatida e aterrorizada pelas violências que havia sofrido, essa mãe não pudera transmitir à filha os significantes paternos (ou masculinos) sem os quais o prazer apaziguado dos corpos não tem horizonte. Ao contrário, a filha, de sexo feminino, relembrava-lhe dolorosamente as ofensas de que ela fora vítima quando pequena. A mãe dá a sua filha o "a" da rivalidade ao jogar com ela o jogo do ciúme. Nessa "divisão", a maneira como a mãe ama a parte "feminina" se articula com sua maneira de amar ou não a parte "masculina". Será que essa mulher invejava inconscientemente a filha, por esta ter tido o que lhe faltara, ou seja, uma proteção para domesticar a violência do desejo sexual? Como quer que fosse, era certo que ela submetia a filha a uma rivalidade muito precocemente "sexual" para se situar no registro do "jogo".

Quanto a Pauline, ela não transferia para os namorados o ciúme da mãe em relação a ela como uma bola que fosse simplesmente passada de geração em geração. Seu ciúme correspondia aos efeitos destrutivos das projeções da mãe sobre ela, o que prejudicava a construção de sua identidade feminina. Temos aí uma prova de que o ciúme manifesta uma ferida do narcisismo sexuado.

A menina, portanto, vivera sua rivalidade edipiana com muita culpa, sobretudo porque a mãe lhe parecia imprevisível e impenetrável. Mais tarde, ela passara a perceber dessa mesma forma qualquer mulher que fosse tocada pelo desejo de um homem: esta se metamorfoseava numa "extraterrestre" onipotente e inacessível. Assim, o ciúme arrasava Pauline, abandonando-a sem palavras num "planeta desconhecido", à imagem da feminilidade de acesso proibido. Ao revirar compulsivamente as gavetas do namorado, deslumbrada e atraída pelo "masculino", ela se apropriava desse masculino sem o conhecimento... da mãe.

Para a mãe, a filha pequena pode realmente encarnar a ferida do feminino. Com seus cuidados e suas carícias, a mãe toca o corpo dos filhos e com isso os erotiza. Ela é a primeira a dar à criança o sentimento dos limites de seu corpo. Entre Pauline e a mãe, o confronto não pudera articular-se em outro registro senão o do preconceito. Essa mãe não podia investir a filha de uma presença maternalizante sexuada sem destruir a si mesma, ela que não fora protegida por sua própria mãe do incesto cometido pelo tio materno, e que por isso nutria um profundo ressentimento da função materna em geral. Ela exprimia seu rancor zombando incessantemente dos quadris sempre muito largos da filha, afirmando-lhe que se pareciam com os das "camponesas" da região mediterrânea de sua infância.

– Não é tanto de você que ela não gosta, é a função materna que ela detesta – disse-lhe eu, um dia, em resposta a seu desespero.

Com isso, Pauline compreendeu que a ligação entre seus "quadris largos", humilhados pela mãe, e a "bacia mediterrânea" das camponesas visava, para além dela, uma figura materna execrada, à imagem das estatuetas de quadris largos das antigas deusas da fecundidade. Assim, ela ficou menos aterrorizada com a inveja que se apoderava da mãe quando esta percebia os poderes do corpo feminino da filha e se sentiu mais livre para dispor dele a seu gosto.

As pazes com os significantes paternos

Quando uma menina não é "tocada" pela mãe, com os olhos e com o corpo, de maneira amorosa e feliz, a "feminilidade" permanece num "alhures" inacessível. O ciúme extrai então sua força destrutiva do fato de mergulhar a ciumenta num vazio de representação concernente a seu próprio corpo. Assim, podemos dizer que faltou à mãe da ciumenta pelo menos o "espírito corporativo", o que deixa a filha em suspenso, à espera, sedenta. A rival, esse outro "corpo" feminino, parece possuir tudo, e nossa ciumenta, nada. Acaso a analisanda não me censurava, muitas vezes, por pertencer a uma "espécie feminina" de que ela não fazia parte? Ao vasculhar incansavelmente os bolsos do namorado, era esse bem, tão precioso quanto "inacessível", que ela perseguia em vão. E eram também os significantes paternos, enfurnados nas gavetas das acusações da mãe a seu respeito, que ela buscava intensamente.

Como testemunha do drama mudo de sua infância, a analista iria ajudá-la a reconstruir um espaço comum entre mãe e filha, sem confusão de línguas, mas não sem um vínculo. A análise a fez avaliar que as questões do amor e do erotismo podiam ser compartilhadas por outra mulher, sem que com isso fossem espoliadas por uma ou pela outra. A partir daí, pela analista ter-lhe mostrado que os significantes do masculino paterno estavam a seu alcance, ela não precisou mais perder-se no revirar inútil de outras gavetas que não as de seu inconsciente.

É verdade que a menina não tivera muito tempo para seduzir o pai, como se queixava, mas, ainda assim, dispusera de dois anos, "o que não é propriamente igual a nada, afinal!", disse-me Pauline, um dia, depois de havermos lutado juntas contra a rivalidade tão destrutiva da mãe em relação a ela.

– Dois anos até que são um bocado de tempo! São mais do que é preciso para seduzir um homem, não?

E, assim, a feminilidade de Pauline pôs-se novamente em movimento. E se, durante algum tempo, ela não sossegou enquanto não provou a si mesma que podia seduzir um homem em dois tempos, em menos tempo do que era preciso para dizê-lo, sua analista certamente não haveria de censurá-la por isso.

Toda menina vive a dificuldade de ser "como" a mãe e, ao mesmo tempo, sua rival. Ora, esses movimentos incompatíveis são ambos necessários. Mãe e filha, uma e outra, uma pela outra, têm de inventar um espaço de solidariedade em que a originalidade de cada uma se apóie na valorização daquilo que lhes é comum. Essa é uma tarefa bastante difícil quando o feminino é desvalorizado pelas representações culturais dominantes, e mais ainda quando uma ou outra sofreu formas degradantes de violência que tenham gerado uma vergonha profunda de si mesma.

Situar a identidade sexuada, portanto, constitui um desafio essencial para compreender o ciúme; esclarece o fato de que uma filha pode ser invejada pela mãe, na medida em que represente para esta uma outra "ela mesma". Submetida à oscilação materna entre o amor e o ódio por seu devir sexuado, à hesitação entre uma identificação com o agressor ou com a agredida, a menina encara essas oscilações como um punhado de enigmas concernentes a seu tornar-se feminina.

Os diferentes ciúmes das mães

Com efeito, o amor materno, longe de ser angelical, é um amor apaixonado, perpassado por violências inconscientes, por expectativas e rejeições, bem como por aplacamentos e afagos. É assim que a mãe se faz presente para o filho e o convida a viver. Paradoxalmente, a mãe "normalmente" ama o filho ou a filha como uma "verdadeira leoa", e sofre ciúme da vida adulta que eles terão sem ela. Uma dada mãe pensa: "Haverá uma outra nos braços de meu filho" ou "Um outro abraçará minha filha". Por conseguinte, a criança já não é somente "sua" filha, mas um homem ou uma mulher pequeninos. Desde o nascimento, essa diferenciação entra em jogo, e tanto é a da diferença entre os sexos quanto a da diferença entre os corpos. Daí decorre um sofrimento que tem de ser superado – etapa difícil não apenas para a criança, que, reconhecida como ser sexuado, se descobre assim sozinha, mas também para a mãe, que antecipa o momento em que o amor dos filhos se voltará para outro lugar.

Assim, o ciúme materno coincide com o que foi dito sobre o ciúme filial. A mãe é sempre meio destituída, pelo nascimento do filho, da fantasia de formar com ele uma só pessoa. Conter a dor dessa perda, transformar seu ciúme na alegria de descobrir o futuro, é o trabalho amoroso que a mãe oferece a cada nascimento. Ele se revela rico quando o ciúme é liberado e empobrecedor quando ele é negado ou rejeitado.

Existem muitas falhas no investimento passional da mãe; algumas são inevitáveis, outras estorvam com um elemento mórbido os já complexos desafios inconscientes da maternidade. A mãe de Pauline manifestava pouco desse ciúme amoroso "normal"; a balança pendia mais para um ciúme excessivo. Este destrói o ciúme inconsciente "normal", opondo-se ao movimento de separação pelo qual a criança é identificada e amada em seu sexo. O ciúme maléfico da mãe passa então a ser sinal de um gozo incestuoso, que prende, agrilhoa e exprime uma tirania implacável. Não é de admirar, portanto, que ele se manifeste unicamente pela dimensão do ódio. Para a sexualidade da filha, o ciúme delirante da mãe é um desastre. Para o filho varão também, embora de forma diferente, porque a maneira como a mãe promove através dele um ideal exclusivamente fálico só se produz sobre um fundo de ódio a si mesma; e essa violência (inconscientemente odiosa) não deixa de ter conseqüências na propensão depressiva ou persecutória do filho. De um modo ou de outro, o ódio a si mesma que atormente uma dada mãe se projeta mais ou menos abertamente no filho, seja qual for o sexo deste, e parece dirigir-se contra seu devir sexuado; as excitações do corpo da criança, estreitamente compartilhadas com a mãe no começo da vida, ficam fixadas. Uma criança desse tipo não poderá conhecer "a si mesma" no valor de seu sexo nem aprender que o sexo "oposto" está a seu alcance.

Assim, não tendo sido transposta nem "vivenciada" uma dor de amor pelas mães de nossos ciumentos e ciumentas, estes permanecem feridos. A existência de uma dimensão sexuada "na" mãe muitas vezes é negada, quando não considerada blasfema, em vista da idealização (muito freudiana) da função materna. Ora, o ciúme demonstra a importância disso. A ausência de prazer, ou uma angústia muito acentuada em relação ao erotismo feminino, pode entrar em conflito com a posição materna e com a elaboração do ciúme que a mãe normalmente vivencia. Esses conflitos também influem na maneira como são elaborados os limites e o erotismo do corpo dos filhos, meninos ou meninas. Vimos como o ciúme de Pauline era uma mensagem invertida: ela vasculhava os pertences dos homens que despertavam seu ciúme na vã esperança de descobrir neles o mistério do sexo oposto. Não via que seu próprio sexo era ainda mais enigmático a seus olhos.

Por outro lado, o amor ao masculino é igualmente transmitido ao menino pela maneira como a mãe vive em conflito ou em harmonia com seu próprio sexo. Quer se trate de meninos ou de meninas, a maneira como a mãe ama ou não seu próprio sexo é fundamental para seu futuro erótico. O ciúme amoroso normal da mãe, ou "ciúme de sexuação", é, portanto, o avesso da aceitação do sexuado em si.

Um ciúme de sexuação

O ciúme materno normal é um ciúme de sexuação, pois não é apenas sinal de que a criança, menino ou menina, é amada em sua futura sexualidade, distinta da sexualidade materna, como também implica que os filhos e as filhas são amados pela mãe em sua bissexualidade. Tal mãe, com efeito, inveja indistintamente *seu* ou *sua* rival, sofre bissexualmente de ciúme. Assim, o jogo flexível das identificações com ambos os sexos encontra-se na espécie de dor de amor que é o ciúme de sexuação normal na mãe. Não é de admirar que, durante muito tempo, ele tenha sido mais problemático em relação às filhas.

A função materna é o lugar de uma mediação entre a criança e os ideais ou as proibições que concernem ao corpo, seus prazeres e suas dores. Através dela, todos os tipos de violência se propagam ou se aplacam. A mãe pode, por exemplo, legar à filha o ódio inconsciente que nutre por si mesma como mulher, assim como uma vergonha da qual ela própria é apenas herdeira. Apesar da "valência sexual diferencial"[2] que existiria em todas as sociedades em favor do sexo masculino, são numerosos e inventivos os meios pelos quais as mulheres traçaram trajetos de prazer nos quais seus filhos encontram uma economia erótica feliz. O amor sexuado desejante das mães em relação aos filhos impõe, contra ventos e marés, o valor do erotismo feminino. É graças a elas que a renegação do feminino não é necessariamente legada às filhas e aos filhos.

....
2. F. Héritier, *Masculin/féminin: la pensée de la différence* (Paris, Odile Jacob, 1998). A valência sexual diferencial em favor do sexo masculino, segundo F. Héritier, seria construída dessa maneira para permitir aos homens exercer um controle sobre o mistério da fecundidade feminina.

Para que esse trabalho se efetue, é preciso que a mãe tenha uma dose de ciúme "normal", que reconheça a potencialidade do desejo sexual dos filhos. A mãe normalmente ciumenta sente a sedução do filho e o ama tanto mais quanto mais resiste a essa sedução. Assim, ela encarna um ciúme de sexuação. Esse ciúme "suficientemente bom" só é possível quando as gerações precedentes não transmitiram um ódio ao prazer sexual, ao prazer de viver, ao prazer do desconhecido. Com efeito, na medida em que o sexo oposto é sempre mais ou menos desconhecido e a sexualidade é um registro a ser domesticado, os ódios e pavores apoderam-se facilmente deles.

A dor do ciúme "normal" da mãe, que recomeça por ocasião de cada nascimento, e o trabalho que ela impõe são, portanto, feitos de amor. Nessa ocasião, a mãe ama o filho em sua sexualidade e sua bissexualidade. Porventura essa obra de amor "ciumenta", violenta e difícil não é a parcela de engajamento propriamente heróico da feminilidade de toda mãe?

Capítulo VIII
Os silêncios do desejo

– Quando ela olha para outra que não seja eu, ela me ofende e, portanto, tenho todos os direitos – disse-me Léa, que sonhava em "apagar" suas rivais. No minuto em que sua namorada cruzava o olhar de outra mulher, ela explodia em crises de ciúme, porque "não [sabia] fazer outra coisa", confessou.

– Quando me apaixono, eu me torno outra mulher, uma mulher enfurecida – concluiu, desnorteada com seu próprio frenesi. Sua impulsividade se acalmara um pouco com a nova companheira, mas ela se exasperava com a ligação que esta mantinha com a ex-namorada.

– Ela me deixa fora de mim – garantiu-me. – Fala com ela todo dia, isso quando não a encontra às escondidas, a pretexto de meu ciúme, para fazer com que não nos cruzemos. Às vezes consigo esquecer, mas, em outros momentos, sem que eu saiba por quê, meu ciúme desperta, e então eu a atormento, para provar que a conduta dela é que é a causa de tudo.

Sentindo que nada mais podia detê-la nessas situações, Léa afirmou que seria capaz de "matar", e não se privava de nutrir anseios ardentes de morte, indistintamente, a respeito da namorada e daquelas que tinham a infelicidade de lhe despertar a atenção.

Sua atitude em relação à namorada não era diferente da que conhecera com os namorados. "Sempre fui ciumenta, isso faz parte da minha natureza", acrescentou. O relato de Léa ao menos confirmaria, se isso fosse necessário, que as soluções que acreditamos encontrar para nossas feridas, através de nossa vida sexual, não são melhores por se voltarem para um sexo ou outro. Demonstraria também que o ciúme não se satisfaz com nenhuma problemática simplista; o homossexualismo, latente ou não, rejeitado ou aceito, inconsciente ou posto em prática, não altera em nada essa questão, ao contrário do que pensava Freud. Por outro lado, os homossexuais, homens ou mulheres, não são nem mais nem menos ciumentos do que aqueles que proclamam amar o gênero que não têm.

Léa não se afligia apenas com seu ciúme; certa dificuldade em sua sexualidade também a embaraçava. Quando, à força de insistência, ela conseguia separar seus namorados das amantes deles, e conseguia que estes se dedicassem exclusivamente a ela, seu interesse por eles desaparecia sem demora. Mesmo naquele momento, uma vez conquistadas as parceiras, seu desejo por elas cessava prontamente. Era a quadratura do círculo de seu desejo: verdadeira tortura enquanto ela se sentisse excluída do arco mágico daqueles que amava e alimentavam seu ciúme, ao se unirem fora de seu controle, o desejo extinguia-se com a satisfação e a conquista.

Esse esquema, sem dúvida, é dos mais clássicos. Muitos apaixonados de ambos os sexos confessam que a conquista do ser amado os apaixona mais do que o exercício diário de sua chama. Para muitos, paixão e cotidiano são antinômicos e, para estes, o ciúme tem ao menos o mérito de despertar o desejo adormecido. Tanto uns quanto outros, mais ocupados em inventar traições hipotéticas a serviço de seus ardores diminuídos, deixam de interrogar essa propensão ao enfado que se acha no cerne de suas relações amorosas. Seu desejo é dependente da conquista de um homem ou de uma mulher, sob a condição única (mas imperiosa) de arrancá-los de um terceiro – no caso de Léa, de uma mulher. A partir do momento em que esse "terceiro" é vencido, o desejo fica condenado a desaparecer. Será que o desejo não necessita sempre de um terceiro? E nossos ciumentos não nos revelariam, nessas circunstâncias, que o rival é para eles um sustentáculo indispensável do desejo?

Ciúme: sustentáculo do desejo?

A atenção dos psicanalistas, a esse respeito, volta-se mais para a estrutura triangular que excita o ciúme do que para a disputa a dois a que se entrega o ciumento ou a ciumenta com seu rival. Tudo parece orientar a exaltação do ciúme para a estrutura de um "casal" cuja harmonia seria perturbada por um intruso. Seria isso uma reminiscência da exclusão da criança da vida sexual do casal parental, esse outro "par" inacessível? Se assim fosse, o ciumento se sentiria ameaçado por qualquer rival na posição de recordar o indiscreto que ele gostaria de ter sido diante da intimidade sexual dos pais, e é verdade que o rival é um duplo, traço por traço, de nosso ciumento, visto que se impõe a um casal de maneira inoportuna. Como dissemos, evoca-se no rival, "estranhamente inquietante", o duplo. Na figura do intruso, será que o invejado não é alguém idêntico ao próprio sujeito?

Ora, Léa mostrou-nos que o ciúme era muito mais "sério" na medida em que tinha uma meta diferente da simples rivalidade com aquele ou aquela que era passível de roubar o objeto de seu amor (o pai ou a mãe, conforme o caso), e diferente do desejo de afirmar sua supremacia sobre esse concorrente.

Ao prestar atenção à extinção do desejo que a atingia, quando nenhum outro rival se perfilava no horizonte, e não a um eventual desejo recalcado, torna-se possível formular uma nova hipótese em melhores condições de esclarecer as causas dessa paixão tão amarga. Para essa mulher, era a promiscuidade cotidiana que se afigurava temível, bem como a causa do desaparecimento do desejo:

– A coisa não funciona lá embaixo. Quando vivo com um homem ou com uma mulher no cotidiano, na hora em que fico nua, eu me sinto infeliz, feia e vazia – disse ela, hesitante, antes de me confidenciar que gostava de "dar prazer, mas não de recebê-lo".

Enquanto a rival se mantinha como um obstáculo, a intimidade amorosa com um homem ou com uma mulher não lhe parecia perigosa, pois o desafio dirigido às concorrentes permitia manter uma forma de ligação com elas. Inversamente, a partir do momento em que expulsava seus adversários, a proximidade dos corpos tornava-se ameaçadora para ela, pois se via "sozinha" diante de seus namorados ou namoradas. Sem suas rivais detestadas e tão invejadas, ela se sentia exposta e indefesa, "nua", "feia" e "vazia". Assim, contrariando todas as expectativas, a presença de uma rival é que parecia protegê-la do vazio de representação de seu corpo sexuado, desse "lá embaixo que não funciona".

O ciúme, que se alimentava da certeza de que a rival estava bem viva, não tinha o menor objetivo de eliminá-la; ao contrário, Léa queria ligar-se a ela. Todos os meios serviam para mascarar o que estava em jogo e fazê-lo perdurar.

O sentimento de feiúra sexual, tão freqüente no discurso dos ciumentos, sejam eles homo ou heterossexuais, atesta uma ferida narcísica. Assim, seu ciúme resulta menos do recalcamento de um desejo homossexual que da expectativa de serem reconhecidos no valor de seu sexo. Essa tentativa de restauração do narcisismo com a ajuda de um suporte imaginário (a figura do rival), no entanto, não explica a extinção do desejo que sobrevém quando desaparece qualquer razão para o ciúme. Em Léa, a presença *real* da rival parecia ser uma condição necessária para que ela pudesse sentir atração pelos jogos eróticos do desejo; assim, o que se revelou foi a ausência de um espaço fantasístico interno em que o livre jogo das identificações com ambos os sexos pudesse efetuar-se sem dificuldade. Com isso, a excitação do ciúme revelou seu caráter artificial: o que ele permitia mascarar e preencher era um vazio.

Paradoxalmente, o ciúme de Léa, que à primeira vista parecia estar ligado à presença de um intruso no seio de suas relações amorosas, era menos um ciúme rivalizante do que um ciúme que tinha por objetivo manter vivo um desejo e um corpo erótico.

O quarto dos amantes

A criança descobre com ciúme os poderes sexuais dos pais e, ao constatar que ainda não os possui, fica muito desolada; mas seus devaneios são povoados pelo que ela imagina dentro dessa "câmara escura", que deve permanecer como tal. A vida sexual dos adultos, quando não é eliminada nem exibida e, *a fortiori*, não é posta em prática com ou diante da criança, é, para esta, uma fonte inesgotável de fantasias[1]. Com a certeza de que os pais são felizes no plano erótico, o ciúme passageiro da criança está fadado a desaparecer, e ela pode renunciar rapidamente a se apoderar dele de forma raivosa ou mágica.

Como o erotismo do pai ou da mãe humaniza sua função, eles se afiguram felizes ou infelizes como qualquer um e, quanto mais não seja, menos grandiosos. A apropriação das prerrogativas sexuais inscreve-se então para a criança num futuro acessível. Por isso, o fato de a criança ser excluída da vida sexual dos adultos não é a principal causa de seu ciúme. O despeito que ela sente em relação aos pais é sobretudo um aguilhão que a impele a se comparar com os poderes deles do que o húmus de um ciúme do qual a forma adulta seria apenas um efeito distante.

Então, será que não é o lugar do eros (da mãe e do pai), ou melhor, sua ausência, que fere a criança, seja qual for seu sexo, mais do que a exclusão da cena erótica dos pais? A questão do rival do mesmo sexo evoca um duplo, invejado por direitos que o ciumento acredita não ter: penetrar imaginariamente no mundo erótico dos adultos e apropriar-se do poder de se

....
1. As fantasias são as palavras, os relatos e as imagens que, forjados pela criança, as ajudam a tornar suportável o papel sempre meio traumático da sexualidade, da ausência e da finitude da vida.

identificar com os dois sexos. Exilado do quarto dos amantes hipotéticos, o ciumento grita seu sofrimento, enraivece-se e excita-se, enquanto seu corpo erótico permanece "gelado". As chamas do ciúme permitem que ele saia dessa geleira. Através do traço passional que liga os ciumentos de ambos os sexos a seus rivais, o que se exprime é a angústia da aniquilação do eu. Que temor de ser aniquilada exprimia Léa, através de suas crises de raiva, toda vez que o olhar de sua amada cruzava o de outra mulher?

Os *insetos acariciadores*

Um pesadelo recorrente, que sobrevinha com regularidade no auge da angústia amorosa de Léa, fez-nos dar a partida. Nesse sonho, uma espécie de inseto que a paciente não via se aproximava dela. Sem que lhe fosse possível avistá-lo, ela sentia ao longo do pescoço o leve roçar de suas asas. Nesse momento, acordava, tomada de um pavor indizível.

Quando traduzi "roçar das asas do inseto ao longo do pescoço" por "carícias no pescoço", Léa compreendeu que o pavor suscitado por esse pesadelo provinha das "carícias que a gente não vê". Que é que ela nunca via quando pequena? Veio-lhe então a evocação dos amantes de sua mãe, que esta se comprazia em esconder. Aparentemente, a mãe de Léa levava uma vida extraconjugal movimentada. Até aí, nada de errado, exceto que, sem dizer uma palavra, ela exigia o silêncio da filha diante do marido. Assim, Léa era ao mesmo tempo posta a par do segredo e encerrada no segredo. Como toda criança, ela havia prestado atenção aos sinais da feminilidade da mãe e procurado captar o mistério das ligações amorosas entre os pais. Como filha, gostaria de partilhar com a mãe não propriamente sua vida sexual, mas, como um eco, a alegria dos prazeres femininos e masculinos. No entanto, a cumplicidade em que a mãe a mantinha impossibilitava a esperança desse compartilhar, pois ele conspurcaria ainda mais sua lealdade para com o pai. Ela gostaria que o "quarto dos amantes" fosse um espaço de devaneio, mas sua posição de cúmplice a encerrava hermeticamente tanto dentro quanto fora dele.

Um sonho transforma-se em pesadelo quando provoca uma angústia extrema. Ao ultrapassar as possibilidades de simbolização do sonhador e colocá-lo diante de um contra-senso completo, o pavor provoca o despertar. A proliferação dos insetos ameaçadores e invisíveis era desencadeada por uma proibição tão inviolável quanto incompreensível; exprimia a realização impossível do desejo de aceder àquilo que, ao mesmo tempo, devia permanecer oculto. O prazer que a mãe de Léa sentia em dissimular sua vida erótica representava, para a filha, um contra-senso realmente devastador. A invisibilidade exibida da sexualidade materna é que tinha o caráter de pesadelo, e não o desejo de Léa de ocupar, por ciúme, o lugar dos amantes da mãe, ou de, por ciúme, ficar no lugar da mãe junto deles. Léa estava em rivalidade com algo ainda mais inapreensível, que ela não podia nem devia ver.

Tal como Cinderela, essa mulher, ainda jovem e bonita, mostrava seus adornos à filha. Enfeitada como uma rainha, gostava de fazer da menina uma "dama de companhia", que depois ficava sozinha e esquecida em casa, quando o pai estava viajando. Colocada na posição de "ver" os preparativos da mãe, Léa era intimada a não "saber" de nada. Reduzida a ser um "olhar" para a mãe, só lhe restava imaginar em silêncio o balé dos amantes, que nunca apareciam diante de seus olhos. E esses homens só faziam parecer ainda mais grandiosos e ameaçadores, por terem, aos olhos dela, o poder maléfico e infinito de atrair sua mãe para longe de sua companhia. Por isso, o trauma de abandono que assombra toda infância era despertado, projetando-se na imagem deles.

A mãe de Léa fazia assim, nas palavras dela, uso de seu "direito de ter uma vida privada", sem querer, de modo algum, "sacrificar sua vida de mulher". Ainda que não haja nada a objetar a tal projeto, essa mulher, com seus "segredinhos", organizava uma espécie de rivalidade indefectível entre seus amantes e Léa, porque essa exibição-dissimulação não acompanhada de palavras provocava o ódio da filha ao mergulhá-la no absurdo. Não que essa mãe devesse ter-lhe "mostrado" seus amantes – a questão que Léa lhe formulava não decorria, decididamente, do registro do "ver", mas da troca de uma fala, a única que, dando a cada um o lugar que lhe é próprio, pode constituir o objeto de um compartilhamento. A cumplicidade que a mãe exigia da filha destruía o diálogo verdadeiro que as duas poderiam ter. A falta de reconhecimento verbal do lugar da filha traduzia-se no vínculo duplo que lhe era imposto ("saber/ver" e "não saber/ver"*), que assumia para Léa a significação de uma proibição fundamental e conflitante: ser e não ser mulher. Para que ela pudesse continuar a desejar, para que pudesse existir um quadro propício à elaboração de fantasias e sonhos, tornava-se então indispensável para ela uma mulher *real*, rival ou concorrente.

O pesadelo de Léa pôs em cena um saber proibido sobre o gozo exercido por sua mãe à custa dela. A verdadeira ameaça provinha desse gozo, que a condenava a não ter outra existência senão a de um "olhar". Ocupada demais em acertar as contas com seu próprio narcisismo feminino em impasse, essa mãe havia renunciado ao doloroso trabalho de amor de toda mãe, fazendo da filha uma espectadora impotente de quem ela zombava. Ao se recusar a compartilhar abertamente o que quer que fosse da felicidade amorosa, ela privava a filha de todos os referenciais.

Reencenando os segredinhos que havia inventado para se proteger do próprio pai e de suas "irmãs" mais velhas, aliadas a ele, essa mulher projetava os fantasmas deles na filha (e, sem dúvida, também no marido). Ao impor silêncio a Léa sobre "seus" amantes, a própria mãe se defendia dos espectros do passado e, ao mesmo tempo, isolava a filha do acesso a sua dimensão desejante. Por outro lado, com esse dispositivo, ela

\---

* No original, a autora usa nesses dois pontos um neologismo, *"sa-voir"*, que joga com o verbo *savoir* (saber) e com a forma homófona *"ça voir"*, ou *"voir ça"*, que significa "ver isso". (N. T.)

podia continuar a satisfazer seu desejo de tapear as irmãs e o pai. Como o engodo incidia no acesso a uma sexualidade reconhecida, Léa, pela dupla injunção de um olhar proibido e de um saber obrigatório, era acuada pela mãe num impasse. Pelo abandono que a mãe lhe expressava, era a criança nela que se via atacada. Pelas projeções desta última sobre ela, era sua identidade futura de mulher que ficava em perigo.

Coagida como era a endossar o papel das tias abusivas e do avô hostil, qualquer possibilidade de identificação que permitisse a Léa existir como filha era posta em questão. Não podendo se identificar com essa mulher que rejeitava qualquer "mesmidade" de ser com ela, Léa também não podia separar-se da mãe, porquanto esta a mantinha num vínculo de dependência, tratando-a como um amante repelido, um marido ridicularizado ou uma irmãzinha abandonada, que não "entendia nada". Para as pessoas próximas, as crises de fúria de Léa contra a mãe permaneciam totalmente incompreensíveis, exatamente porque as mensagens sádicas inconscientes que a mãe lhe endereçava assumiam uma forma impossível de reconhecer. Com isso, a paciente só fazia sentir-se mais só e mais culpada. A pessoa tem a sensação de estar ficando louca quando ouve dizer, em voz alta ou baixa: "Ora, você não tem nenhuma razão para se queixar!". Com efeito, nenhum sujeito "visível" podia alimentar legitimamente suas reclamações. O sonho com os amantes da mãe, transformados em insetos invisíveis, revelou, melhor do que qualquer discurso, o gozo da mãe de Léa em dissimular sua vida erótica.

O ciúme de Léa surgia, contra sua vontade, nos acessos de raiva que ela dirigia à namorada, no instante em que um olhar desta pousava, qual um inseto, em outra mulher... Mas a presença de rivais "de carne e osso" também era um sustentáculo para essa identidade feminina arruinada. Enfim, graças a elas, Léa podia enfrentar a mãe, certamente vingar-se dela, mas também permanecer ligada a ela. Portanto, ela esperava se deparar com a "mãe" em cada rival e reencontrar a caixa de segredos das fantasias eróticas que sua raiva da mãe havia destruído. A partir do momento em que a rival era "morta", o vazio da paciente voltava para o primeiro plano e seu desejo soçobrava. O "quarto dos amantes", transformado em prisão pela cumplicidade incestuosa da mãe, impunha silêncio a seu próprio desejo.

A reconquista do desejo

Para que cesse essa necessidade compulsiva da existência do rival, o ciumento precisa, portanto, reconquistar seu próprio desejo.

Léa, nossa "fiel no ciúme", disse-me um dia que, diante de mim, se sentia como um gato, "um gato selvagem". O clima da sessão, como muitas vezes, era elétrico, mas assumiu uma outra tonalidade: dessa vez, misturaram-se à tensão o medo e a expectativa. Travada, ela se calou. Fui sensível à importância desse momento, porque, se o significante "gato" evocava a genitália feminina, ele me desafiava a conseguir tirar o desejo de mulher da analisanda da situação de estranheza a que ele continuava relegado para ela. Até então, seu desejo só podia ser excitado pelo ciúme; Léa estava irremediavelmente isolada dele. Se ele provinha do paradoxo de fazer advir num espaço sexuado comum algo da solidão inerente ao desejo sexual, mesmo assim eu tinha a firme esperança de que, com isso, suas crises de ciúme perderiam a necessidade de existir.

Convidando-a a deixar o "gato selvagem" falar, tratei de lhe perguntar o que ele fazia, o que queria.

– Que acontece com ele? – perguntei-lhe.

– Ele corre, agarra-se às paredes de seu consultório, é um animal perseguido, acuado – respondeu ela. – Mas, de repente, pode virar-se contra quem o persegue e rosnar, sabe? – acrescentou. – Você o persegue, e ele não agüenta mais as suas perguntas! – recomeçou. Diante de meu silêncio, disse então, em voz muito baixa: – Você ainda está aí? Ficou frio de repente, e achei que você havia ido embora.

Eu estava ali, com ela, no espaço em que o gato corria, temendo que eu o perseguisse (com meu assédio?) e temendo ser abandonado no frio da ausência. O espaço erótico começou a "simbolizar-se", isto é, a encontrar a distância certa entre o medo (e o desejo) de ser seduzida-perseguida por uma analista-mulher-mãe-gato e o medo de ser abandonada à fria e intocável sexualidade materna.

O animal selvagem designava a sexualidade de Léa; dessa vez, ela pôde fazê-lo "correr" livremente, ele teve permissão para lutar, "rosnando" contra aquela que a perseguia. A pergunta da paciente – "Você está aí? Ficou frio de repente" – evocou a ausência de um vínculo materno caloroso. Pareceu-me ter faltado a ela uma mãe que a houvesse tocado com os olhos e o corpo de maneira amorosa e feliz; para Léa, a feminilidade da mãe permanecera num "alhures" inacessível, que em vão ela pedia à namorada ou ao namorado que lhe devolvesse, por meio de crises de ciúme sem solução. Ela invejava qualquer ligação entre duas pessoas, fosse qual fosse o sexo delas, desconhecendo a natureza daquilo que realmente lhe havia faltado. Como luta travada contra a mortificação resultante de um espaço de troca abortado, a excitação do ciúme num homem ou numa mulher tem por fim mantê-lo(a) vivo(a) e lhe dar ânimo. No horizonte, a angústia confessa de Léa, a de ser apenas uma gata-gatinho solitária e abandonada, permitia vislumbrar as camadas de gelo que haviam congelado e petrificado, uma a uma, as línguas infantis femininas de sua família.

Para além da "frieza" da mãe, através do espaço comum da transferência, a imagem resgatada do gato permitiu o reatamento com o "calor" do desejo de viver e também do desejo sexual, que deixaram de ficar "fora do jogo", assim como fora dela.

A excitação do ciúme como luta contra a depressão

Muitos ciumentos e ciumentas queixam-se de que sua vida sexual ou erótica lhes escapa, parece-lhes "estranha" e isolada do mundo da linguagem. Sendo assim, compreendemos melhor que o ciúme forneça a muitos deles, por substituição, uma forma de "excitação" verdadeiramente sexual, à qual eles recorrem para remediar a parte de si mesmos a que não podem ter acesso de outra maneira. Com isso, as fantasias são contornadas, substituídas por um estado de tensão permanente, que liga quase fisicamente o indivíduo ciumento àquele ou àquela que lhe desperta ciúme. Quer amasse um homem ou uma mulher, era o ciúme que, da mesma maneira, despertava o desejo erótico de Léa. Não seria possível postular, então, que o ciúme arranca os que dele padecem de uma espécie de morte deles mesmos? O abandono da solução representada pelo ciúme torna-se ainda mais difícil na medida em que este tem um efeito "excitante", que permite lutar contra um afeto depressivo. Assim, muitos ciumentos confessam que as ligações tranqüilas os "entediam"; outros conseguem provocar as mesmas constatações em seus companheiros ou companheiras, de modo que se cria uma "associação" a dois em que o ciúme serve de cimento.

Por mais exaltador que seja, no entanto, o ciúme não deixa de provocar uma excitação sexual e inquietante que lembra aquela que a criança pequena sentiu no passado sem integrá-la, e à qual se mistura uma parcela de angústia. Ao mesmo tempo, ele mantém o ciumento em suspense, à espera de apaziguamento, levando-o a rejeitar com extrema energia tudo que lhe recorde as calmarias planas do estado depressivo. De tanto ter sido colocada pela mãe no lugar de uma irmã/criada assexuada e unicamente espectadora, Léa não se livrou de conhecer esses episódios de abatimento.

Será que os ciumentos e ciumentas tiveram mães que, excluindo a sexualidade de suas representações e, portanto, do imaginário dos filhos, nos fizeram ver esse campo como uma "terra de ninguém"? Paradoxalmente, a ausência de um espaço comum de representação entre a criança e a mãe ou o pai, no que concerne à sexualidade, tem o mesmo efeito de ferida em sua linguagem infantil que uma intromissão abusiva. A carência ou o excesso têm efeitos de invasão, porque é somente na "distância certa" do outro que é possível enfrentar a solidão de cada um diante do mistério da sexualidade. Ora, muitas vezes, embora ela seja essencial para que o ciumento ou ciumenta se reaproprie do valor sexualizador de suas apostas amorosas, a distância certa "homossexuada" não pode ser elaborada. Existe no ser falante um hiato entre o conjunto de fantasias, identificações, linguagens e relatos que enriquecem seu narcisismo, "sexuado" desde o começo, e o exercício da sexualidade, que deixa todos meio sozinhos. Dolto[2] via nessa contradição uma fonte de fragilidade. É verdade que, diante da solidão inerente ao desejo sexual, cada um é condenado a inventar sozinho as condições pelas quais poderá vencer sua angústia. Essa conquista comporta, necessariamente, uma dimensão transgressora, para a qual não se deve esperar nenhuma autorização de ninguém, muito pelo contrário. "Quando se sente sexuada, a criança sente-se como um animal; quando fala, sente-se humana, mas de sexo indeterminado", escreveu Dolto[3]. Sem dúvida, ela percebeu que o prazer sexual tem de ser domesticado pelos dois sexos. Assim, parece necessário distinguir o "sexual" e seus prazeres da maneira como a criança, por outro lado, sente-se "sexuada", pertencente a um sexo e não ao outro.

Na falta de fantasias que ajudem a "domesticar" a selvageria de sua sexualidade, esta, para o ciumento, permanece indomada e, portanto, assustadora. Quanto mais é levado a abandonar o erotismo e o valor sexualizador de seu corpo, mais ele se deprime e fica enciumado, para poder imitar os prazeres por meio de uma excitação artificial.

É o caráter "não domesticado" da sexualidade que, muitas vezes, faz com que se recorra a imagens de animais. Essas

....
2. F. Dolto, L'image inconsciente du corps (Paris, Seuil, 1984) [ed. bras.: Imagem inconsciente do corpo, trad. Noemi Moritz Kon e Marise Levy, São Paulo, Perspectiva, 1992].
3. Ibid., p. 160.

imagens, que ao mesmo tempo atraem e causam medo, permitem que a criança de ambos os sexos recorra a representações "sexualizadoras" ativas. Graças à liberdade "selvagem" que elas evocam, necessárias para a apropriação do sexual, a criança pode libertar-se das evocações vazias ou mortificantes referentes ao erotismo. A irrupção do "gato selvagem" representou a revolta de Léa contra a obrigação de reduzir a nada seu corpo desejante. Pela primeira vez, uma representação (o gato) condensou sua ligação com uma mãe amorosa (o gatinho que sente frio e quer ser aquecido), com uma mãe ainda ameaçadora (o gato malvado que persegue), porém já não onipotente (o gato pode voltar-se contra seus perseguidores), e, por último, a selvageria rebelde a qualquer submissão do desejo (o gato selvagem).

Assim, visto que somente uma experiência interna do impulso desejante permite renunciar ao dispositivo substituto que o ciúme constitui, é compreensível que a análise de alguns ciumentos ou ciumentas acabe num impasse, enquanto é do exterior – do(a) amante ou do analista – que eles se obstinam em esperar o reconhecimento de suas prerrogativas quiméricas de homem ou mulher. Muito mais do que poder conceder ao paciente esses pretensos "direitos" imaginários, o analista pode, não obstante, oferecer um espaço comum a partir do qual a fala sexuada deixe de ser excluída e o desejo possa renascer.

As luzes do analista

Por meio de um sonho, Léa apontou-me o renascimento de um espaço comum "homossexualizado". Nesse sonho, meu "interior" passara a se assemelhar a uma loja de equipamentos elétricos; diante de seu espanto, eu lhe assegurava que esses instrumentos "eram muito úteis na vida". Rindo, sempre no sonho, ela corrigia afetuosamente minhas palavras, indicando-me que "[minhas] luzes certamente lhe eram muito mais úteis!". E acabava por me abraçar ternamente, atônita por sentir meu corpo "felino e flexível" contra o seu, estupefata com a "realidade" dele.

Não seria o riso, nesse sonho, o sinal de um prazer compartilhado e, por isso mesmo, tornado aceitável entre duas mulheres? Os equipamentos elétricos talvez evocassem a lembrança das sessões "eletrizadas" que eu havia suportado com ela, e também dirigiam um adeusinho divertido e distante a suas antigas crises de excitação raivosa. O estabelecimento de uma ligação de troca entre mim e ela alimentou sua esperança de adquirir outras "luzes" que não as da excitação do ciúme, decididamente muito pouco esclarecedoras. Com isso, Léa atestou sua intensa aspiração a ser autorizada a usar de maneira "selvagem" e livre, como um felino, seu corpo erótico de mulher. A evocação do lado "felino e flexível" de meu corpo, "sentido" por ela numa expressão de "realidade espantosa", atestou a reapropriação de um desejo predador, finalmente ligado aos significantes do erotismo feminino. Esse sonho pode ser interpretado em dois planos. Por um lado, ele atestou a conquista de uma relação feliz com uma mulher na posição de mãe que lhe oferecia suas "luzes"; por outro, afirmou que a sexualidade "felina" era alegremente compartilhada pelo riso; e, por último, que um desejo de homossexualização era satisfeito, porque, quando ela abraçou meu corpo "felino e flexível", foi o dela que conquistou "realidade". É difícil transmitir todas as emoções que perpassaram essa sessão, mas, seja como for, o corpo de Léa deixou de ser "feio" ou "vazio".

O ciumento não só se serve do ciúme como um "excitante", como também não dispõe de um grande arsenal de devaneios ou fantasias que lhe permitam viajar facilmente em meio a suas identificações femininas e masculinas. Ele fica suspenso numa bissexualidade não elaborada, e o ciúme o mantém nessa suspensão. Assim, ciumentos e ciumentas, homossexuais ou heterossexuais, ficam alojados no mesmo lugar. Nossas escolhas sexuais, sejam quais forem, efetivamente obedecem à lei implacável que diz que, por elas e através delas, procuramos consolar-nos, reparar-nos, às vezes ferir-nos ainda mais e, com freqüência, acreditar que transpomos nossos limites. Elas nos indicam que qualquer sexualidade, em virtude de sua dimensão maníaca ou compulsiva, pode ser assim utilizada com o objetivo de corrigir males de natureza inteiramente diversa. Na verdade, é ilusório acreditar que tal ou tal prática sexual possa construir um lugar para se viver como homem ou como mulher, uma vez que essa identidade decorre de uma lógica totalmente diferente.

Chamamos de "homossexualidade inconsciente primária"[4] o amor da filha pela feminilidade da mãe e o da mãe pela feminilidade da filha. Ora, esse amor põe em jogo a maneira de ser mulher da mãe e, portanto, de ser também sexualmente desejante. Se é patente que a filha se olha inicialmente no olhar da mãe, e que se amará da maneira como esta (bem como o pai) a amar em e por sua feminilidade, é todo o erotismo feminino, ou a linguagem do corpo "sexuado" da mãe, que se expressa no cerne dessa "homossexualidade" entre ela e a filha. Esse corpo sexuado comum não pôde ser construído entre Léa e a mãe.

Quando o ciúme enfim perdeu sua função de excitação indispensável para suprir identificações femininas mortificadas, Léa pôde deixar de fazer dele o guia de sua vida. De forma espetacular, concordou em se encontrar com a ex-companheira de sua namorada e a achou charmosa e agradável. Toda a necessidade de controlar os olhares daquela a quem ela amava havia desaparecido. A construção de um espaço estruturante na análise foi essencial, tanto para o fim do ciúme quanto para a conquista do prazer erótico, que foi, para ela, uma descoberta. O fato de Léa conhecer essas alegrias com um homem ou com uma mulher pouco importa, afinal. A única coisa importante, para o psicanalista, é que Eros deixe finalmente de carregar "a insígnia da tristeza"[5].

....
4. J. McDougall, *Éros aux mille et un visages* (Paris, Gallimard, 1996) [ed. bras.: *As múltiplas faces de Eros: uma exploração psicanalítica da sensualidade humana*, trad. Pedro H. B. Rondon, São Paulo, Martins Fontes, 1997].
5. *Hércules*, ópera de G. F. Haendel cujo libreto foi escrito por T. Broughton, ato II, cena II, ária: "Quando a beleza traz a insígnia da tristeza, a dor da bela desperta em nós a paixão".

Capítulo IX
Os rosnados da inveja

Nada me havia anunciado o cataclismo. Júlia apareceu-me nesse dia como era seu hábito, gentil e decidida, deixando pouca margem para o imprevisto. "Vou pensar nisso sozinha", ela costumava me dizer, quando eu lhe sugeria alguma coisa nova. Em outros momentos, interrogava-me com desconfiança: "Muitas vezes eu acho que você guarda o que pensa para si, em vez de me dizer". Essas palavras não deixavam de provocar em mim um sentimento de mal-estar. Na vida comum, é impossível dizer "tudo". Mas também sabemos que um psicanalista, mais do que as outras pessoas, se impõe escutar plenamente – sem a reserva que a analisanda suspeitava que eu tivesse –, aquele que se dirige a ele. Se eu não dizia "tudo" a Júlia, era por estar descobrindo, ao mesmo tempo que ela, a paisagem de seus conflitos. E ela era a primeira a sempre se apressar a esquecer o que eu lhe dizia, para redescobrir "sozinha" nossos poucos avanços, muitas vezes se inspirando num programa qualquer de televisão de caráter "psi", do qual, ao lado de outros espectadores, formava o público fiel e assíduo.

Por sorte, eu podia me apoiar em alguns elementos tangíveis de nosso trajeto analítico em comum para não me sentir irritada com a incoerência de suas censuras. Numa mesma frase (sem que a continuidade dessas palavras jamais lhe parecesse contraditória), ela era capaz de me acusar de fazê-la perder tempo, uma vez que eu guardava para mim todas as minhas interpretações, e depois concluir, agradecida, insistindo na ajuda preciosa que a análise lhe trouxera. Nessas ocasiões, portanto, ela manifestava uma forma de clivagem muito desconcertante. Júlia não podia negar que sua vida profissional havia saído do impasse em que se encontrava antes de nossos encontros nem que sua vida pessoal havia escapado, graças à sua análise, de uma forma de exploração em que estivera confinada até então. Por isso, muitas vezes, ao se dar conta do que havia de estranho em suas afirmações sobre o que eu "guardava" para mim, ela se refugiava em outra cantilena: "Você faz tudo e eu não faço nada; sou uma assistida, dependo completamente de você, não entendo nada da minha vida".

Uma explosão de raiva

Nesse dia, o tom vivo com que Júlia sempre começava suas sessões deu lugar a uma voz gélida. Inundada pela cólera, ela chegou quase a sufocar de fúria ao tomar a palavra.

– Não dormi a noite inteira – exclamou, exasperada, antes de explodir em imprecações contra mim. Ninguém a compreendia, irritou-se: – Eu faço tudo nesta análise e estou me destruindo! E, ainda por cima, não tenho nada, não recebo nada de você!

Depois, subitamente, mudando de registro, num violento acesso de raiva que nada podia deter (mas nem pensei nisso), começou a gritar que meu consultório era "muito grande, muito grande..."; ela literalmente rugia, louca de raiva; e acrescentou, como conclusão:

– Quem você pensa que é?

Tentando abrir uma passagem de silêncio em meio a suas vociferações, arrisquei-me a lhe perguntar o que ela encontrava nesse "consultório". Na realidade, meu gabinete é de tamanho relativamente mediano, de modo algum é "grande"! Ela mal respondeu a minhas perguntas – senti, aliás, que qualquer apelo à realidade a perturbava – e preferiu recomeçar a vociferar ainda mais, afirmando que com isso estava tocando num "tabu", e que sabia que não devia dizer esse tipo de "verdade" a sua psicanalista. Garanti-lhe ter compreendido bem que ela queria me dizer, senão "a" verdade, pelo menos algumas verdades! Enquanto a escutava, procurei continuar a pensar, apesar de seus gritos. Por que, de repente, ela estava achando meu consultório tão "grande"? Até então, Júlia nunca se queixara de nenhuma dificuldade para encontrar uma moradia que lhe conviesse, pelo contrário. Será que eu havia entendido mal? Teria ela dissimulado de mim alguma dificuldade financeira? Não, isso não fazia nenhum sentido. Ao provocar minha culpa, sua inveja raivosa estava me fazendo perder a inspiração. Assim, resolvi aceitar tal e qual, em seus termos, o enigma que suas afirmações suscitavam, sem tentar resolver o mistério depressa demais.

Nesse dia, diante dessa moça "fora de si", pareceu-me que nenhuma das teorias psicanalíticas que explicam a destrutividade invejosa era capaz de me socorrer nem de me fornecer instrumentos para fazê-la voltar a si.

Os limites das teorias psicanalíticas da inveja

Freud, que nunca renunciou à idéia de que a inveja do pênis[1] domina a sexualidade feminina, determinando em todas as mulheres sentimentos de inferioridade, de inveja dos homens e de ressentimento da mãe, que não lhes teria dado o tão desejado órgão, não teria deixado de me assinalar que minha paciente lhe dava razão. "Não há nada a fazer", diria ele, "sua paciente, como todas as mulheres, está tomada pela tríade inveja-hostilidade-reivindicação, conseqüência, na mulher, de uma 'inveja

....
1. S. Freud, *Abrégé de psychanalyse* (Paris, PUF, "Bibliothèque de psychanalyse", 1970) [ed. bras.: *Esboço de psicanálise*, ESB, Rio de Janeiro, Imago, 1975, vol. XXIII]. Até esse último texto, que permaneceu inacabado (1938), Freud sustentou que, "desde o começo, ela inveja o menino, e podemos dizer que toda a sua evolução se dá sob o signo dessa inveja do pênis" (p. 64).

do pênis', que condena seu destino a ir de fracasso em fracasso e, na melhor das hipóteses, a se acomodar durante a vida inteira à não realização de seu único sonho: 'ser igual ao homem'".

Talvez, sensível ao fato de eu ser mulher, não provida do referido objeto tão invejado, ele acrescentasse: "Aliás, minha teoria não se torna falsa por ela invejar você, uma mulher! Na verdade, ela a está colocando no lugar da mãe, que, a seus olhos, guardou para si o pênis 'grande' do pai (esse consultório 'grande' que ela lhe atribui), da mesma forma que a censura por guardar para si as palavras corretas de que você a priva. Ela está cheia de ressentimento e raiva contra você porque você a priva disso." Pode cair fora, senhora "mãe fálica", não há nada para ver aí...

Se eu me houvesse apoiado em pressupostos como esse para compreender Júlia, teria concluído que não havia nada a fazer por ela. Realmente, pobre mulher, sempre espoliada como todas as outras, ela teria toda razão de me invejar por meu "grande consultório-pênis". Com essas mesmas premissas, eu poderia ter-lhe mostrado igualmente que sua inveja não tinha nenhum fundamento, ou que suas recriminações se reduziam a construções imaginárias e sem solução. À parte o fato de que eu não me conformava em deixá-la assim sozinha, com seu sofrimento de mulher e de filha, sua cólera ribombante impediu-me de descansar nessas certezas tranqüilas.

Se eu me tivesse voltado para Melanie Klein[2], eu teria resserenado por constatar que ela não baseava a inveja na observação "real" da diferença entre os sexos, mas no ataque à capacidade "nutriz" da mãe. Teria encontrado motivo para pensar que Júlia, na verdade, invejava minha capacidade de

....
2. M. Klein, *Envie et gratitude et autres essais* (Paris, Gallimard, 1978) [ed. bras.: *Inveja e gratidão: um estudo das fontes do inconsciente*, trad. J. O. Aguiar Abreu, Rio de Janeiro, Imago, 1974]. Na visão de Klein, é a "criatividade" fundamental do poder materno que os invejosos de ambos os sexos atacam. Furioso por ser frustrado quando sente fome, e assim se aperceber de que não é "um só" com o seio nutridor, a seu bel-prazer, o bebê dirigiria uma de suas primeiras "pulsões destrutivas", a inveja, contra o "seio bom".

ajudá-la (meu "seio bom"), por esquecer com muita freqüência as virtudes dessa capacidade ou por achar que eu guardava meus pensamentos para mim, como um seio mau e frustrante que quer conservar o "leite bom" unicamente para si.

Por outro lado, graças à qualidade de suas intuições, essa grande psicanalista me haveria convencido de que, se a inveja leva o bebê a *projetar* no seio da mãe os "excrementos ruins e as partes más do eu, a fim de deteriorá-la e destruí-la"[3], Júlia estava fazendo a mesma coisa. De fato, ao declarar que se estava destruindo por "nada" e ao denegrir as intervenções da analista, acaso ela não estaria *projetando* em nosso trabalho comum o mesmo descrédito (dos excrementos), tendo como único resultado reduzir meus esforços a nada?

E o que eu poderia fazer com essas conclusões? Dizer-lhe que, ao me atacar, ela se privava da ajuda que eu podia lhe dar? Eu só faria descrever uma situação, e parecendo acusá-la disso. Não era esse o meu objetivo. A teoria kleiniana não me ajudava realmente. Embora descreva bastante bem o fenômeno da inveja, fornece muito poucas armas para abordar a fantasia devastadora[4] que nele se afirma. Inteiramente voltadas para suas descrições – corretíssimas, aliás – de mecanismos complexos e, em todo caso, mais tardios do que elas acreditam, as teorias kleinianas não fornecem uma alavanca realmente dinâmica para sair da devastação que o invejoso põe em ato.

O espaço interno destruído

A palavra "grande"* ressoou de maneira ensurdecedora. Senti-me invadida pelo barulho, pela explosão dos gritos

---
3. Ibid., p. 18.
4. Apoiada na violência do amor materno que interpreta suas necessidades, a violência do recém-nascido é mais uma agressividade vital do que uma vontade de encher o seio de excrementos – ainda não percebidos como tais pelo bebê – para destruir seu poder criador.

* Em todo o trecho que se segue, convém ter em mente algumas das acepções que a palavra *grand(e)* tem na língua francesa, entre elas as de crescido, mais velho, adulto etc. (N. T.)

de Júlia, por suas respostas berradas. O acesso de raiva que se apossou dela fez as paredes tremerem; temi que ela se voltasse contra si mesma, pois senti que estava prestes a se romper como um copo de cristal. Sua "inveja" de meu consultório "grande" era perpassada por uma violência mortífera: não existia nada além disso! E a paciente pôs-se a enumerar uma longa e detalhada lista do que eu possuía: eu tinha tudo, ela, nada.

Surgiu em mim, então, uma idéia que esclareceu de outro modo a raiva invejosa que ela me dirigia. Júlia estava me agredindo com observações "tabus", investindo contra meus objetos, minhas paredes e, portanto, também meu "interior" e meu corpo; logo, agia de maneira a nos separar imaginariamente, já que parecíamos nos repelir sob o efeito de um ímã. A inveja pareceu-me enfatizar um contato proibido e impossível entre dois seres. Seriam duas mulheres, ou uma mãe e seu bebê? Fosse como fosse, parecia claro que o pivô de sua agressão dizia respeito a alguma coisa que era comum a ambas e que, ao mesmo tempo, não era verdadeiramente compartilhada, ou talvez não fosse compartilhável.

Júlia estava "ampliando" os limites reais de meu consultório; não contente em atacá-los, ela os *deslocava*. Sua agressão verbal *mostrava*-me a instabilidade dos referenciais que supostamente continham nossos encontros: o perímetro de meu consultório. Obviamente, eu não fizera nenhuma alteração nele, e a fúria de minha paciente poderia parecer puramente fantasiosa; mas ela estava apontando alguma coisa que a enlouquecia e que eu mal começava a compreender. E, ao atacar as dimensões de *meu* consultório, Júlia estava tentando dar a entender o quanto *seus* próprios referenciais se haviam despedaçado. Meu consultório, subitamente grande demais para ela, denunciava a força devastadora provocada pela perda do quadro simbólico em que o indivíduo viveu. Sua raiva, portanto, não era apenas destrutiva, mas mostrava os impasses de uma situação que lhe era insuportável: a manipulação dos referenciais de sua identidade por um terceiro.

Nenhum ser humano pode viver sem indicações estáveis[5] a respeito do lugar que ocupa no desejo dos que cuidam dele. A destruição, a manipulação ou a oscilação desses referenciais simbólicos essenciais têm um efeito atordoante. A linguagem que serve para exprimir isso é atacada. Em vez das palavras da linguagem falada, utilizam-se então representações espaciais[6] (evocadas pelo movimento de reduzir ou aumentar um lugar) para expressar a ausência de uma proteção simbólica. Ao chamar minha atenção para o espaço deformado de meu consultório, Júlia tornou-me testemunha do ataque cujo preço fora pago com seus próprios alicerces; ela se sentia perdida. Sua raiva começou a me parecer legítima. Contrariando as aparências, em momento algum ela quisera tomar ou destruir fantasisticamente meu consultório; o que estava gritando era um desamparo inominável.

Meu consultório "grande" era "ela", ela "atacada", realmente "privada" do único alimento com que o ser humano pode se saciar: o reconhecimento de um dom, de uma presença, de um *status*! Meu consultório "grande" representava seu lugar simbólico de primogênita (a filha mais velha, maior), deteriorado por um ataque cuja origem eu desconhecia.

A *guinada da análise*

Assinalei-lhe então que ela me acusava de me "alimentar dela", destruindo-a, do mesmo modo que censurava a mãe, que

----

5. J. Lacan, *Le séminaire, livre III, Les psychoses* (Paris, Seuil, 1981) [ed. bras.: *O seminário, livro 3, As psicoses (1955-1956)*, trad. Aluísio Meneses, 2. ed. rev., Rio de Janeiro, Jorge Zahar, 1988]. Um sistema simbólico é um sistema de referências estável: "o Outro que é sempre encontrado no mesmo lugar, o Outro dos astros, do sistema estável do mundo" (p. 86).

6. As representações espaciais (sincrônicas) são, sem dúvida, um saber mais precocemente adquirido que o das palavras e o da temporalidade; o sujeito exprimiria suas emoções regredindo para representações espaciais quando fica privado de certas aquisições simbólicas. Isso concorda com as descobertas recentes da neurofisiologia. Cf. K. e M. Solms, *Clinical studies in neuro-psychoanalysis: introduction to a depth neuropsychology* (Nova York, Karnak Books, 2002).

lhe "havia tirado tudo", segundo suas palavras. Recordei-lhe sua necessidade de "pensar sozinha", quando eu lhe propunha uma interpretação nova. Será que havia algum perigo em pensar em minha companhia? Será que eu invadiria suas prerrogativas de *"gente grande"* e de adulta?

– Você está achando – perguntei-lhe ainda – que eu não valorizo *sua* capacidade de *"gente grande"*, ou que a diminuo, de tal modo que sua raiva, rejeitando tudo que trocamos realmente, parece-lhe a única maneira de se afirmar?

– Não tenho o direito de falar disso! – exclamou Júlia, então, com a voz apavorada.

– É tabu, é proibido! – retruquei. – Você não tem direito de falar das falhas ou da violência de sua mãe em relação a você? Não tem direito de falar de você e dela confundidas em sua raiva, como está fazendo comigo? – indaguei, em resposta a seu pavor diante dessas idéias "tabus".

Júlia acalmou-se:

– Não sei o que eu tenho, estou com umas coisas esquisitas na cabeça, umas coisas que não funcionam direito. Lembro de minha mãe rindo, quando percebi que ela estava grávida. A gravidez já estava muito avançada, e ela ria, ria, ria da minha surpresa. Não tinha me dito nada. Antes, ela contava comigo para tudo, tinha medo de meu pai. Eu era seu companheiro, sua filha, sua mãe. Era a menina crescida *dela*, mamãe me chamava de *"minha* menina grande". Depois desse episódio, fiquei no vazio. Minha irmã menor não me via como mais velha. Acho que a coisa começou nesse momento. É, estou me lembrando! Foi minha irmã menor que mamãe começou a chamar de *"minha* menina grande", depois desse nascimento. Acho que ela não entendia nada da vida.

A inveja de Júlia em relação a meu consultório não tinha por alvo o que eu lhe oferecia de "bom", mas clamava uma necessidade de reconhecimento que somente meu olhar poderia trazer-lhe. Numa mensagem invertida, ela tirou de mim aquilo de que ela mesma fora privada. Sua inveja não tinha como causa "pulsões destrutivas" primárias, mas foi conseqüência de uma privação simbólica. Apesar da destruição dos vínculos a que a inveja procede, esse mundo destruído, ao se *mostrar* a um terceiro, espera uma palavra de legitimação.

Enquanto nenhum de seus interlocutores lhe dirigisse o reconhecimento essencial de que ela fora privada, Júlia estaria condenada a reviver sua ferida traumática. O "grande" consultório que ela atribuía a mim manifestou seu desejo de ter um lugar interno em que ela se sentisse "à vontade", solta, e a partir do qual pudesse estabelecer trocas com os outros. Júlia estava procurando desesperadamente fazer com que fosse ouvido e reconhecido esse desamparo que permanecera mudo e incompreendido.

Inveja, reação de urgência ao anúncio do desastre?

Júlia, sem dúvida, enunciava o quanto havia sofrido com o desinvestimento da mãe em relação a ela. Em termos mais profundos, colocou-nos na pista de um grave desmoronamento de sua identidade. "Fiquei no vazio", dizia a esse respeito, sem desconfiar da gravidade do estado em que isso a havia mergulhado. Ultrapassada a sua capacidade de simbolização, ela não pudera enfrentar o riso insensato da mãe. Assim, havia sofrido uma verdadeira mutilação da significação do desejo da mãe a seu respeito, significação esta que lhe era vital, porque dava sentido a sua vida. A palavra "grande"[7] condensava muitos pesos; alguns concerniam a seu lugar no grupo de irmãos (os irmãos mais novos haviam contestado sua posição de primogênita), outros, a sua relação com a mãe.

Quando pequena, de fato, ela havia imaginado ser "tudo" para a mãe, e depois descobrira bruscamente que essa mulher não tinha nenhuma lembrança dela. Por outro lado, tivera de constatar que o pai ocupava um lugar "maior" que o

....
7. Os diferentes pesos da palavra "grande" deixaram de ser distintos; todas essas significações foram coaguladas pela falha estrutural representada pelo desaparecimento de um apoio identitário; entre o sujeito e o gozo que o destruía, deixou de haver separação.

dela, uma vez que era capaz de "aumentar" a família. Seria de supor que Júlia, tendo sido expulsa de sua posição dessa maneira, houvesse sofrido de um simples ciúme. Mas a aniquilação dramática de sua identidade nos forçou a considerar outros dados.

Para sobreviver às deficiências de sua genitora, Júlia tornara-se "grande" depressa demais e, sobretudo, tivera de se dotar prematuramente de recursos de adulta para sobreviver. Assim, suas "paredes" de proteção haviam sido "aumentadas", a fim de que ela conseguisse viver, abrigando a mãe em seu colo de menina. Se Júlia invejava alguma coisa, portanto, não era meu consultório "grande", mas "todas essas coisas de gente grande" de que se havia munido para socorrer a mãe, e que haviam sido rechaçadas pela incapacidade desta de reconhecê-las. Ela invejava aquilo de que se havia munido antes que isso lhe fosse retirado. Ao gritar seu sofrimento por não ter nenhum espaço simbólico (onde cada um é reconhecido em seu lugar) comum entre mim e ela, Júlia manifestou, com o corpo e aos gritos, sua sede[8] de possuir esse espaço.

A inveja, aqui um ódio furioso, em outras situações friamente mortífera, desencadeia-se quando uma fantasia essencial é aniquilada. Essa fantasia é fundamental, porque, interpondo-se entre a criança e seus pavores, permite que o sujeito se dote de instrumentos de luta para remediar as deficiências de seu meio. Através dessa fantasia, as experiências da vida são organizadas e ganham sentido. E essa construção vital para Júlia é que fora destruída pelo riso pueril da mãe. Privada dessa posição identitária indispensável, ela havia perdido toda a consistência, ficara abandonada, desmoronada, "no vazio", sem ser mais nada nem ninguém.

....
8. D. W. Winnicott, "Critique du concept d'envie chez M. Klein", em *La crainte de l'effondrement et autres situations cliniques* (Paris, Gallimard, 2000), pp. 337-70. Nesse texto, o autor compara a inveja ao suplício de Tântalo, mas não esclarece realmente a natureza da sede.

A inveja e o ciúme

Em vez de o sujeito continuar a estabelecer trocas fecundas com os outros, a inveja cristaliza suas expectativas num objeto inerte e desencarnado – neste caso, um "consultório", verdadeira sombra da aniquilação que havia transtornado Júlia. A partir daí, já não há nenhuma possibilidade de compartilhamento de espaço ou interesse comuns. O invejoso, assim despojado, contempla com raiva e amargura ainda maiores a margem oposta, o "Éden" de que está separado e no qual se encontram, a seu ver, "todos" os bens. Sua reivindicação projeta o que ele acredita que lhe falta num mundo eternamente inacessível, o qual, por conseguinte, fica provido de "tudo". Era a inveja de Júlia que me instituía como "desumana" em meu "grande" consultório, e não algum objeto desejável que estivesse em meu poder. Com isso, ela se isolava de mim e retirava toda a eficácia dos meios de que eu dispunha para ajudá-la. "Quem você pensa que é?", ela me havia gritado, esquecida de todos os meus esforços e considerando que eu não pertencia ao mesmo "mundo" que ela.

A inveja sobrevém em conseqüência de uma reação de defesa baseada na amputação de uma parte do eu, amputação esta que se transforma em fonte de um conflito insolúvel de identidade. Assim, é compreensível que esse meio de defesa seja tão alienante, mais profundamente regressivo e mais fixado do que o ciúme.

Diferentemente do ciumento, que sofre de mil males, o invejoso, ao negar que jamais tenha possuído armas simbólicas essenciais, sufoca e amordaça a dor[9]. Despojado do sentido de sua vida, ele quer fazer com que um outro sofra o mesmo destino; assim, sua cobiça não tem outro objetivo senão reduzir o invejado à categoria de "coisa" vulgar. Instrumentado por

----
9. Essa renegação o expropria radicalmente, ao mesmo tempo, de seus meios de ação, projetados nos outros, que por isso atraem seu ódio. Esses instrumentos simbólicos aparecem então no invejoso sob uma forma deturpada.

uma vontade alheia, que danificou uma fantasia vital, o invejoso põe em prática uma resolução idêntica: degradar a força instituidora de uma fala. Ele se empenha em coisificar os vínculos. Dessa maneira, pode continuar a renegar aquilo de que foi despojado, num verdadeiro círculo vicioso. Para confundir o objeto cobiçado com aquele que o detém, o invejoso tem de simplificar de forma exagerada os laços entre eles. Assim, no caso de Júlia, a escolha de meu consultório "grande" como objeto de cobiça (uma escolha desconcertante, a meu ver, durante muito tempo) equivaleu a apagar a qualidade de nosso trabalho comum.

Considerada por muito tempo a própria paixão do ódio[10], a inveja é catastrófica e, em certa medida, comparável ao autismo. Acaso Júlia não nos colocava, dessa maneira, em dois mundos diferentes e impermeáveis? O ódio do invejoso constitui sua carapaça autística[11], com a qual ele se torna inacessível, frio e desumano. A realidade, a partir daí, fica congelada numa espécie de atemporalidade. Por isso, é comum ele afirmar que sua inveja é despertada por "realidades" presentes desde sempre. Ele nada quer saber do espaço comum que o liga aos outros falasseres e que, no entanto, se desenha no vazio por trás do objeto de sua cobiça. Assim, para Júlia, em dado momento, meu consultório tornou-se "indiscutivelmente" grande demais.

Posterior ao ciúme, a inveja instala-se no sujeito já parcialmente constituído, capaz de realizar operações psíquicas complexas. Acarretando toda sorte de respostas regressivas, a inveja tem sido confundida com elas, e esse recuo para posições cristalizadas pareceu ser sinônimo de precocidade. Não é nada disso. O ser que empobrece sua posição subjetiva, pagando o preço por essa defesa, nem por isso volta a se tornar "pequenino" ou recém-nascido.

....
10. O. LeCour Grandmaison, *Haine(s): philosophie et politique* (Paris, PUF, 2002), p. 255.
11. F. Tustin, *Le Trou noir de la psyché* (Paris, Seuil, 1989). A cápsula autística visa proteger a criança autista de pavores ainda maiores.

Encerrada em seu ódio invejoso, Júlia poderia ter continuado indefinidamente dividida, condenando nossa relação, a exemplo de todas as outras; seus laços amorosos e de amizade, inexplicavelmente prejudicados pelo passado, teriam alimentado ainda mais sua amargura, se ela continuasse a renegar o que a havia "enlouquecido".

Um fechamento do espaço de compartilhamento

Em lágrimas, Júlia começou a evocar as mudanças incessantes da regra do jogo familiar. Primogênita de quem tudo se exigia, com a concordância de uma mãe que também era cúmplice, ela tivera de suportar as cóleras do pai para proteger "os outros", numa dedicação que, por sua vez, era retribuída unicamente com a ingratidão e as caçoadas do conjunto da família. Assim se esboçou a paisagem das traições cotidianas de que ela fora objeto. Suas lágrimas atestaram que ela deixou de renegar aquilo que havia sofrido. As falhas de uma mãe imatura não haviam podido ser identificadas como tais na época e, do lugar da criança, haviam sido entendidas como o exercício selvagem de uma onipotência ingrata e arbitrária.

Anteriormente, para sobreviver, Júlia havia encontrado uma posição em que era "maior" do que a mãe, respondendo com isso a um apelo desta, ao mesmo tempo que a uma necessidade interna. Mais tarde, agredida nessa posição, reduzida a nada, ironizada como se "tivesse inventado tudo", ela fora deposta de uma posição que até então lhe permitira manter-se de pé e "crescer". Suas raivas invejosas estavam diretamente ligadas à violência que a havia obrigado a sacrificar (expulsando-a de si, depois de renegá-la) a fantasia identitária essencial pela qual ela havia desempenhado o papel de "menina grande" da mãe. E ela havia renunciado a isso sem nenhuma contrapartida.

A modificação arbitrária do quadro espacial de meu consultório esclareceu-se pela evocação das mudanças da regra do jogo na família. O perímetro cambiante de minhas paredes tornou-se a metáfora do absurdo em que Júlia havia sido mergulhada. "Se nada nunca é estável e todos os referenciais estão sempre escapando, não posso me apoiar em nada!", gritava nela um desamparo desconhecido. Perdida em sua raiva destrutiva, Júlia não escutava em seus gritos sua própria aflição.

Quando ela consentiu em suspender a renegação e integrar essa parte de si mesma, reconhecendo que se havia munido de recursos de "gente grande" para sobreviver, ela se apoderou de nossa ligação para exprimir e reparar a ferida atroz dessa fantasia, que, durante sua infância, havia dado sentido a sua relação com o mundo, antes de desmoronar. "Ninguém mais pode tirar de mim o que é *meu*, nem o que está *em* mim, nem o que eu *sou*", exclamou ela, então. Não, ninguém mais poderia despojá-la dos meios de viver que ela havia forjado, aceitado e tornado seus.

A partir daí, como eu já não era a única a deter os instrumentos simbólicos de uma pessoa "grande", capaz de ajudá-la com meu ofício, pudemos compartilhar um espaço comum. Minha presença já não sendo tão perigosa fez com que Júlia ficasse em condições de refletir *comigo* sobre suas verdadeiras expectativas. Lutamos, dessa vez *juntas*, contra as "coisas feias em sua cabeça", aquelas irrupções de caos e de gozo em que sua identidade própria ficava perdida. Júlia modificou por completo sua vida profissional e levou em conta suas próprias capacidades, também negadas nela, até então, e invejadas em seus colegas de trabalho. A gratidão, de acordo com Melanie Klein, é o sinal de que o "objeto bom" foi salvo e as clivagens necessárias para protegê-lo são menos necessárias; porventura ela não ocorre quando um espaço simbólico comum pode vir à luz, como foi possível quando Júlia enfim me aceitou e me reconheceu de seu lado?

Para o analista, também é muito desconcertante que se combata com tanto empenho o ânimo que ele pretende dar ao paciente, embora este o tenha procurado precisamente para receber dele esse dom simbólico. Nesse caso, é forçoso reconhecer que o *dar* não pode de modo algum ser suficiente enquanto não se cria o *espaço do dom*. É esse espaço simbólico que a análise restaura, distinguindo-se de qualquer outra terapia que privilegie a reeducação de um "comportamento", a oblatividade imediata, ou qualquer outra "terapia pelo amor". A inveja atesta que um espaço simbólico foi ferido – o espaço do dom. Assim, ela aparece menos como uma *pulsão* do que como uma *defesa* alienante e regressiva.

Ao contrário do ciúme, que é uma dor que renasce sem cessar, a inveja tende a erradicar uma dor que não pode ser contida nem tolerada. Dessa maneira, o sujeito acredita poupar-se de sofrer. Ao se despojar de meios para enfrentar seu desamparo, o invejoso decerto se alivia no plano imediato, mas, isolando-se radicalmente de si mesmo, é torturado pela amargura de ver os outros usufruírem de laços menos congelados que os seus. Assim, fica acerbo, sem saber a razão disso. Desconhece que foi obrigado a recorrer a essa defesa para enfrentar o desmoronamento de uma posição que lhe permitia ser ativo e ator de sua vida.

Ir ao encontro dele implica poder entrar no terreno de seu mundo destruído, encontrá-lo ali e arrancá-lo de lá. Com grande esforço, por certo, mas compreendendo que o mundo simbólico destruído que ele nos inflige, ao "coisificar" perigosamente todas as relações, conclama-nos a habitar com ele, por um momento, o espaço de seu desastre. E então reencontramos nele os vestígios de um sujeito em processo de naufrágio, que ele se esforça por apagar.

Capítulo X
Sobre pais, filhos e algumas flores

Exercemos uma coerção sobre o outro à altura da falta de liberdade que nós mesmos sentimos. Não aconteceria o mesmo com o ciúme entre os sexos?

As flores escandalosas do desejo

Fabrice não prestava atenção a nada em meu consultório e, qualquer que fosse o assunto abordado, falava comigo num tom mais ou menos indiferente. Suas únicas queixas diziam respeito a seu superior no trabalho, um homem irascível como seu próprio pai, "duro e frio" como ele, e com quem o paciente mantinha relações de submissão e de revolta surda. Tendo pouco antes começado a beber sozinho, ele preferiu buscar ajuda a se afundar num alcoolismo que o fazia lembrar sua adolescência triste e solitária, marcada por longas escapadas para os fumadouros de ópio.

Designada para escutá-lo, eu estava reduzida a uma função, e ele, por sua vez, era o paciente das 18h30, e ponto final. Fabrice caía na gargalhada quando eu o convidava a prestar atenção à curiosa forma de anonimato em que ele me encerrava. "Mas de que adianta, por que quebrar a cabeça com isso?", retrucava ele, inacessível à violência surda que eu sofria por sua conta. Dir-se-ia que esse paciente estava desenvolvendo fenômenos obsessivos bastante comuns, e que o lado "desligado" de sua vida, do qual sua análise padecia, não tinha nada de incomum.

Um dia, porém, seu olhar deteve-se no buquê de flores que, como de hábito, fora posto na mesa de meu consultório. Será que, dessa vez, elas eram mais numerosas, mais coloridas ou mais perfumadas? Não sei. Fabrice espantou-se ao vê-las, interrogou-me sobre a presença delas e inflamou-se, furioso, ao saber que elas sempre haviam estado diante de seus olhos, embora ele as estivesse percebendo pela primeira vez. Pareceu ofendido. Escandalosamente indiferentes a ele, as flores haviam tomado a liberdade de existir sem seu aval. E, ainda por cima, deixavam-se contemplar por mim, por outras pessoas, por desconhecidos, independentemente dele e sem ele. Fabrice ficou surpreso com a irrupção de um mundo que ele não dominava:

– Mas você é maluca por essas flores! – exclamou, inquieto.

"Ninguém sabe onde se detém a louca liberdade de desejar", anunciava seu desânimo.

Em pouco tempo, ele passou a ridicularizar meus buquês e a imaginar que um paciente particularmente insatisfeito me oferecia flores à guisa de pagamento. Eu o fiz observar, em palavras e em pensamentos, que ele, ao menos, não me mandava flores! Por seu risinho abafado, percebi que havia acertado na mosca. Ele começou a clamar sua insatisfação comigo, com o pai, com o "superior", com "todos os que se permitem me sacanear", afirmou, em alto e bom som.

Para além dessas idéias persecutórias, exprimia-se uma verdadeira cólera, em estado de pânico, contra qualquer "violação" que perturbasse seu mundo bem organizado. Será que a irrupção de algumas simples flores havia bastado para pôr em perigo a construção de sua vida estreitada? Os limites "obsessivos" desse homem revelaram, nessa ocasião, sob sua rigidez inflexível, a incrível fragilidade em que se apoiavam. As dificuldades dele com os superiores encobriam um vazio.

Fabrice não mandava flores para ninguém, não gostava de muita gente, levava uma vida bastante solitária e afirmava, em alto e bom som, não sofrer com isso. Como ninguém tinha graça, a seus olhos, ele se sentia justificado por não seduzir ninguém; ora, o desejo de agradar é uma ponte que se lança de uma margem sexuada à outra. Para Fabrice, as mulheres encarnavam uma fonte imprevisível de aborrecimentos, razão por que havia desistido de agradá-las. Quanto a suas aventuras amorosas, ele não gostava de "prolongamentos", como dizia a respeito delas, e deixava "suas" mulheres sem maior pesar, uma vez "consumada" apressadamente a relação. Pelo que pude avaliar, Fabrice deixava transparecer uma satisfação discreta, porém real, em deixá-las enciumadas, quando as largava. Será que, ao suscitar sua aflição, era sua "feminilidade" que, segundo Michèle Montrelay, ele queria "desnudar pelo ciúme"[1] que provocava nelas, para melhor "circunscrevê-la, [...] dar-lhe uma espécie de existência e [...] se identificar com ela"[2], já que não a possuía?

Até esse evento, eu não tivera muita certeza de que esse "celibatário empedernido" merecesse realmente os esforços que eu lhe prodigalizava, nem de que meus "prolongamentos" valessem a pena. As flores de meu consultório abriram oportunamente uma brecha em sua carapaça desanimadora. Aos olhos de Fabrice, o abandono de sua mãe, quando ele tinha cinco anos (a mãe teria preferido "sua carreira", tinham-lhe dito), justificava sua indiferença e seu desejo de vingança das mulheres. "Vocês, mulheres, escondem bem o jogo", gostava de repetir. As flores também escondem bem o jogo, pensava eu. Meus buquês haviam invadido seu espaço e perturbado seu equilíbrio austero. Bastaram algumas flores para forçar o retraimento do paciente no interior de suas fronteiras rígidas. Não havia dúvida de que, para ele, as flores evocavam minha alteridade sexuada, "meio maluca".

∙∙∙∙∙∙∙∙∙∙∙
1. M. Montrelay, "Les femmes qu'on jalouse sont toujours blondes", em M. Chapsal, *La jalousie* (Paris, Fayard, 1977), p. 159.
2. Loc. cit.

O ciúme do feminino

O mundo feminino associado a essas flores tornou-se, a partir de então, objeto de interrogações intensas. Quem as mandava para mim? Um namorado, um marido? De uma semana para outra, Fabrice não se furtava a comparar os buquês, ria deles quando não eram bem fornidos, zombava deles com uma virulência muito particular quando eram abundantes. Ele dirimiu qualquer dúvida que eu tivesse sobre seu firme ciúme de um rival no dia em que, convencido de que nenhum amante teria a constância de renovar minhas flores com tanta assiduidade, confessou-me sua satisfação em pensar que era eu mesma que me provia de flores. Mas seu alívio durou pouco.

Onde eu encontrava flores tão estranhas? Como é que pensava nelas toda semana? Fabrice surpreendeu-se a observar a mudança das estações, de minhas preferências, de meus caprichos florais. Um dia, confessou que gostaria de pôr flores em seu próprio escritório, mas "é meio esquisito para um homem, não?", achou; será que "não iam [tomá-lo] por homossexual"? A análise certamente havia recuperado a cor, mas comecei a temer a hora de renovar meu buquê, a me sentir constantemente supervisionada e desnudada. Eu não queria mais "fazer parte da decoração" apenas, e havia conseguido: ele não tirava mais os olhos de mim!

Fabrice fazia questão de controlar minha "frivolidade", minha "loucura" e meu "desejo", todos os três idênticos, a seu ver; uma violência surda rugia nessas ocasiões. Assustado, mas atraído por todos esses aspectos de minha "feminilidade", ele parecia às voltas com um verdadeiro suplício de Tântalo diante dela. Sedento, mas obrigado a se manter à distância de uma fonte ao alcance da mão, não lhe restava outra coisa a não ser renegá-la e rejeitá-la de onde o ódio enciumado que voltava contra minhas flores e contra mim.

Meus buquês também lhe evocavam os estados de humor mutáveis que ele atribuía a toda mulher e em particular a sua mãe. Tinham-no afastado dela "para o bem dele", segundo lhe diziam na família paterna. Até esse momento, nós nos havíamos detido no heroísmo desse pai que o criara sozinho, "duramente", com a ajuda da avó, e na sorte que ele tivera por crescer longe de uma mulher que se preocupava exclusivamente com sua carreira, ou até "maluca", segundo dizia seu círculo. Era essa a versão do romance familiar que o discurso de Fabrice exibia e que, por ocasião de um abalo abrupto, tremeu nas bases.

Redescobrir as cores do amor materno

Como fizesse pouco tempo que Fabrice havia orientado sua atividade profissional para o comércio de quadros, era freqüente ele se deter, quando meus buquês não se tornavam objeto de seus comentários, na descrição de alguns dos quadros que apreciava mais particularmente. Os de caráter floral tinham sua predileção. Será que, com isso, ele estava procurando exprimir sua necessidade de "aderir" a meus gostos, a fim de me seduzir, ou sua angústia ante a idéia de se separar de mim? A aceleração do ritmo de seus elogios, quando se aproximava o momento da renovação de meus buquês, evocava em mim a imagem de uma criança angustiada, que se agarra à saia da mãe para retê-la por mais um instante.

Quando se entregava dessa maneira à descrição minuciosa de minhas flores, disse-lhe eu, ele me dava a impressão, como um pintor, de querer fixá-las por toda a eternidade num apoio mais sólido e menos mutável do que as "telas"* efêmeras de nossas sessões.

– Não estou mais ouvindo as suas palavras – gritou Fabrice então. – Elas estão fazendo barulho na minha cabeça – disse. Em seguida, acrescentou, tomado de pânico: – O ar parece cortado ao meio, será que vale a pena viver?

Ao ouvi-lo falar de "barulho", aquilatei a intensidade de seu pavor, que ia muito além de um medo banal de "separa-

....
* Nesse trecho e nos parágrafos seguintes, convém ressaltar a semelhança fonética entre tela (*toile*) e estrela (*étoile*), muito importante nesse momento da análise. (N. T.)

ção". Talvez eu não houvesse prestado atenção a um ligeiro movimento contratransferencial de minha parte, meio fóbico, ante seu desejo ardoroso de aspirar minha feminilidade muito de perto. Fabrice mostrou-me como era sensível ao menor de meus recuos. Sua angústia foi tamanha que a linguagem perdeu todo o sentido. Ele se tornou presa de um pavor tão grande que sua ligação comigo e com as palavras ficou destruída, "cortada ao meio". O desespero de não estar mais ligado a ninguém tirou todo o sentido de sua vida. Meu comentário, como um arqueólogo cuja picareta esbarrasse num objeto de presença insuspeitada na terra, havia trazido à luz um pavor intenso.

E assim, eu lhe disse:

– Por trás do adulto que perscruta meus buquês, há um menino assustado, por não saber se, assim como minhas flores, continuarei a mesma em cada um de nossos encontros, ou se aparecerei mudada, tão diferente e imprevisível quanto elas. Esse menino em você, esquecido por todos, está falando hoje para nos dizer que já não sabe onde ele mesmo está, quando fica sozinho ou quando reencontra a mãe, depois de cada ausência dela.

Com o uso da expressão "o ar cortado ao meio", Fabrice havia me indicado que um abismo nos separava. Minhas palavras conseguiram lançar uma ponte entre as duas bordas do precipício. Ele me respondeu, mais sereno:

– Você falou de *estrelas*, agora há pouco?

Longe de compreender, mesmo assim me perguntei se estávamos novamente compartilhando uma mesma condição, a qual, por isso, deixava de ser tão assustadora.

– Disseram-me que minha mãe foi embora porque queria ser uma estrela da ópera. Eu não sabia o que isso queria dizer. De noite, passava muito tempo olhando o céu para encontrá-la. Era uma estrela cadente, isso mesmo! Ela vinha me visitar e passava muito depressa, com lindos vestidos de todas as cores.

Ao lhe propor a imagem das "telas" mutáveis que eram nossas sessões, eu não sabia que ele cairia num precipício em que o sentido das palavras e da vida já havia mergulhado.

Obrigado a amputar seu desejo de permanecer ligado à mãe, para se conformar aos ditames do pai, Fabrice havia se "curado", mas ao preço de uma grave mutilação do sentido de sua vida. Ele só sentia ciúme de minha feminilidade no plano daquilo de que havia sido privado. Se o termo "estrela" restabelecia o contato com sua mãe, o termo "tela" designava o que havia restado depois da amputação dessa ligação. Havendo se identificado momentaneamente com uma palavra mutilada, a expressão "as telas" [*les toiles*]* tornara a mergulhá-lo num mundo sem fala. Minhas flores, símbolo das "cores" maternas, haviam sido reduzidas a nada durante muito tempo, em razão da proibição de pensar nisso. Será que os vestidos coloridos da mãe se encontravam nas "corolas" variadas e múltiplas das flores?

– Ao perscrutar as estrelas, eu imaginava, quando pequeno, que a lua era um medalhão no céu, um medalhão que mostrava só para mim a fotografia da minha mãe. Na face oculta da lua, eu achava que devia haver o rosto de um morto. Quando revi minha mãe, uma vez, o rosto dela estava mudado, inchado, esquisito, uma lua, sim... uma cara de lua cheia – disse-me Fabrice, um pouco depois.

Pudemos então reconstituir o fio da verdade dessa mulher. Gravemente deprimida (sua depressão e os antidepressivos tinham-lhe dado essa "cara de lua cheia"), ela havia lutado pela guarda do filho, mas fora afastada pela família paterna, encantada por ter um herdeiro. A origem da mãe de Fabrice era uma ofensa e uma vergonha para essa família. O menino fora literalmente seqüestrado pelo pai e por seus parentes, a pretexto da fragilidade dessa mulher, descrita para ele como "inconstante", "instável" e "desequilibrada". Na verdade, com isso eles haviam procedido, ao término da guerra, a uma forma de "limpeza étnica". Posteriormente, a mãe havia regressado a seu país de origem e não dera mais notícias. Ao redescobrir sua pista, Fabrice pôde corroborar nossas hipóteses. E a face

....
* A expressão é homófona a *l'étoile* (a estrela). (N. T.)

"oculta" da lua deixou de ser o rosto de alguém cujos traços haviam sido apagados.

Em razão da proibição exercida pelo pai, Fabrice fora obrigado a desinvestir esse vínculo materno e maternalizante, bem como seu valor simbólico. Para completar o quadro, privado da esperança de restabelecer uma ponte entre a mãe e o mundo paterno, ele se empenhara em não se tornar uma "mulherzinha". O que tentara erigir fora um simulacro de masculinidade, imitando valores paternos "heróicos" e construindo-se sobre a desvalorização e a erradicação da feminilidade materna, ou seja, sobre o nada. Quando uma criança, confrontada com enigmas angustiantes, não sabe se seu pavor é justificado ou não, e percebe um ódio incompreensível para com um parente próximo e amado, ela perde sua própria identidade. Assim, Fabrice sentira-se transformar numa "estrela cadente", diante dos sinais de um ódio incompreensível por sua mãe, porque seu ser é que foi "cortado em dois" e como que "escoou" ou "passou" por entre seus dedos.

Minhas palavras despertaram nele uma dilaceração violenta, insuperável e dolorosa. O grito com que ele me tornou testemunha dessa catástrofe íntima permitiu-lhe sair de uma experiência subjetiva até então vivida numa solidão abissal. Uma violenta fratura simbólica havia redobrado a intensidade da perda real de sua mãe. Movido por um ciúme legítimo de meus buquês, Fabrice contemplava através deles o enigma inapreensível que eu havia acabado por encarnar. Seu ciúme de minhas flores havia sido benéfico: com isso, um ser espoliado de suas próprias "flores" pôde ser lembrado por nós.

Mais seguro e integrado, a partir do momento em que já não houve razão para irrealizar seu pavor diante das expectativas que tinha em relação à "feminilidade", Fabrice começou a enfrentar de maneira mais duradoura a ligação com uma mulher. Interessada em suas novas emoções, escutei-o evocar o perfume inebriante de sua nova companheira, a perturbação que se apoderava dele quando o corpo da moça se abria para ele como uma "corola" dilatada, e a angústia que o constrangia ante a idéia de se perder num prazer sexual intenso demais, novo demais e diferente demais do que ele havia conhecido até então.

Rebentar os grilhões do desejo

Subitamente, minhas flores deixaram de lhe ser agradáveis. Fazia algum tempo, confessou-me Fabrice, que ele se sentia habitado pela vontade de me jogar o vaso na cara, de quebrá-lo e, principalmente, de pisotear as flores com que eu o enchia, com demasiada regularidade para o seu gosto. Estaríamos lidando com um acesso de ciúme? Tudo levou a crer que sim, quando o ouvi acrescentar, à guisa de conclusão de seu ataque de cólera:

– Mesmo que o mundo desmoronasse, você continuaria unicamente preocupada com suas flores!

Mas não foi um grito de ciúme. Fabrice já não era (como acontecera antes) um vaso quebrado à espera de um buquê, privado das flores da atenção por uma mãe indiferente a seu "mundo desmoronado". Os dois elementos, vaso e flores, já então existiam ligados um ao outro numa fantasia, num "encontro" paradigmático de todos os outros e de todas as ligações (entre um homem e uma mulher, entre uma zona erógena e o estímulo que a excita etc.). Fabrice não pudera amar "livremente" a liberdade do desejo pelo sexo oposto enquanto, em seu interior, uma fenda rompia incessantemente seus impulsos para o mundo. Liberto dessa clivagem interna, ele já não era obrigado a "colar" nos semelhantes as identificações masculinas ou femininas em que se havia apoiado até então, e podia arriscar-se a "matá-las". Movido por uma cólera saudável, que já não o arrasava nem o "quebrava", ele não me pedia para recolher os pedaços a qualquer preço, como uma "mãe boa" demais, nem para me "enciumar", por minha vez, de sua liberdade.

Ter vontade de romper um laço, mesmo benéfico, é também uma forma de o sujeito se comparar com ele, reconhecê-lo, torná-lo próprio. Essa apropriação não se dá sem violência. Eu disse isso a Fabrice. Ele queria ficar livre para amar ou não e para ser o único a decidir. Queria enfrentar sozinho o desafio do amor; nesse sentido, sua analista era "venenosa", por sua simples presença benéfica. Ele precisava "quebrar" sozinho a parcela de absurdo angustiante que o sexo oposto continuava a representar para se decidir a amá-lo. Diante da morte, ficamos sozinhos, assim como diante da sexualidade. Em um ou outro momento, todos temos de enfrentar nossa solidão diante da estranheza desse real. Dessa maneira, Fabrice estava procurando colocar no horizonte de seu desejo não mais uma solidão suportada, porém assumida. Quando articulamos essa dimensão irremediável da existência humana no jogo do desejo, passa a ser-nos possível aliviá-la. O casal de amantes ri da morte e da solidão, desde que cada um consinta em tocar sua partitura para o outro.

Pouco depois, Fabrice contou-me que, ao sair dessa sessão, passara muitas horas pensativo, sentado num banco de praça, pensando na namorada e sentindo-se perturbado, "como se estivesse submerso numa grande emoção". No mesmo impulso em que reconheci sua sede de solidão e de liberdade, ele redescobriu o encanto inapreensível do desejo feminino. Autorizado a quebrar o vaso de dominação e ódio em relação ao materno, ele também conquistou, a partir daí, o direito de quebrar esse emblema feminino para apoderar-se dele simbolicamente. Para isso, convinha que eu não fosse "aniquilada" por esse desejo de liberdade e não ficasse enciumada.

Será que o que o ciúme profundo de Fabrice nos ensina é válido para a ordem patriarcal em que vivemos? Ao identificar o "feminino" com a "criança", o "estrangeiro", o "pobre" ou o "sem-teto", a ordem dominante os fabrica "sem rosto"[3] e lhes confere, com facilidade ainda maior, imagens fixas, rígidas e fáceis de excluir. Aos olhos de muitos, a dominação

──────────
3. A. Farge, J. F. Laé, P. Cingolani e F. Magloire, *Sans visages: l'impossible regard sur le pauvre* (Paris, Bayard, 2004).

masculina[4] é produto de um esforço dos homens para superar e compensar sua inveja dos meios de reprodução[5] da espécie, entregues às mulheres. Pode ser. Mas seria preciso compreender o sentido dessa inveja e indagar se ela é causa ou efeito de uma falha simbólica escondida nos fundamentos da própria ordem patriarcal.

O medo da inapreensibilidade do desejo

O menino privado da "identificação" materna, como aconteceu com Fabrice, padece de uma grave amputação de uma parte dele mesmo. Sofre essa privação como o exercício de uma crueldade tirânica por parte do pai, e essa violência é ainda mais aterrorizante por parecer absurda aos olhos da criança. Ela não dispõe de meios para compreender que o adulto, movido por sua própria submissão a uma violência simbólica exercida contra a feminilidade, continua a ser um reizinho infantil e cruel[6], num papel muito diferente daquele que o pai pode e deve desempenhar junto ao filho.

A representação maléfica do poder materno provém de uma mesma fantasia infantil masculina, erigida em valor universal. Essa "onipotência" projetada nas mães, por sua vez, é invejada, imitada e, com isso, perpetuada num verdadeiro círculo infernal. O valor simbólico essencial da relação do filho com a feminilidade da mãe, por conseguinte, é invejado, denegrido e vilipendiado.

....
4. P. Bourdieu, *La domination masculine* (Paris, Seuil, 1998/ 2002), p. 70 [ed. bras.: *A dominação masculina*, trad. Maria Helena Kühner, Rio de Janeiro, Bertrand Brasil, 1999].
5. F. Héritier, *Masculin/féminin: la pensée de la différence* (Paris, Odile Jacob, 1998).
6. S. Freud, "Psychologie des foules et analyse du moi", em *Essais de psychanalyse* (Paris, Payot, 1981) [ed. bras.: *Psicologia de grupo e análise do ego*, ESB, Rio de Janeiro, Imago, 1975, vol. XXIII]. Freud não adere a essa versão da função paterna, parecendo até acreditar que o filho que mata essa forma de tirania é o "preferido da mãe, preservado por ela do ciúme do pai" (p. 166).

Essa inveja das mulheres não reconhece nelas uma sexualidade desejante múltipla, variada e tão imprevisível quanto a de seus congêneres do sexo oposto. Ora, essa negação do eros próprio das mulheres trai, precisamente, uma falha simbólica na própria ordem patriarcal. Quanto mais o eros feminino é negado em sua singularidade e sua complexidade, mais ele é identificado com algo maléfico em relação à "virilidade", e mais se encarna nas imagens de "mães castradoras" criadas pelo imaginário infantil.

Quando uma mulher não pode defender o erotismo próprio de seu sexo junto a seus filhos (seja por se sentir desprezada e excluída, seja por vivenciar sua própria sexualidade com angústia), essa dimensão, para o filho ou filha, parece associar-se a uma proibição, e afigura-se ainda mais assustadora, selvagem ou louca. Torna-se impossível para a criança integrar essa dimensão feminina, necessária tanto para o menino quanto para a menina. Se o desejo das mulheres não fosse mantido nessa condição de "extraterritorialidade" em relação à única função feminina reconhecida, isto é, a função de mãe (também ela codificada e desvalorizada ou, ao contrário, idealizada), o maternal pareceria muito menos perigoso.

Assim, o mecanismo de ostracismo em relação ao desejo feminino, categoria construída para "naturalizar" as razões do pavor[7] que pretende explicar, se auto-alimenta de terrores imaginários. E essa angústia se enraíza de maneira ainda mais duradoura em virtude da amputação simbólica própria da dominação patriarcal, cujo sintoma é o pânico em relação à imprevisibilidade do desejo. É a força simbolizadora do eros

....
7. Ibid., "Contributions à la psychologie de la vie amoureuse", "Le tabou de la virginité", em *La vie sexuelle* (Paris, PUF, 1970), p. 71 [ed. bras.: "O tabu da virgindade (Contribuições à psicologia do amor, III)", ESB, cit., vol. XI]: "Ali onde o primitivo institui um tabu, ele o faz por temer um perigo, e não podemos rejeitar o fato de que todas essas receitas de evitação traem um medo essencial em relação à mulher. O que fundamenta esse temor talvez seja o fato de a mulher ser diferente do homem, de parecer incompreensível, cheia de segredos, estranha e, por isso, inimiga". Se a mulher é "diferente", o que constitui essa alteridade como inteiramente Outra e inimiga?

feminino que, ao "humanizar" o materno, é passível de erguer uma barreira contra sua onipotência fantasiada, odiada e invejada, e não apenas a função paterna, invocada, conforme a ocasião, para separar os filhos varões de suas mães, "para o bem deles". Uma coisa não exclui a outra.

Na falta da identificação com os valores simbólicos trazidos pela mãe, o menino fica exposto a imitar uma aparência de masculinidade sem raízes; ele mais imita os traços da virilidade do que se serve deles com prazer. Incapazes de amar de verdade, esses homens ficam submetidos a ordens desencarnadas, invejosos e enciumados do feminino, que representa para eles, por projeção, uma liberdade do desejo da qual eles não dispõem. E é assim que o ciúme em relação às mulheres se transmite num círculo infernal.

A solidão, o amor, a morte

Por mais que as instituições sociais tentem controlar as práticas e as modalidades do prazer sexual dos dois sexos e instituir diferenças, numa repartição variada e definida dos gêneros sexuados, parte do prazer dos corpos escapa irredutivelmente a qualquer institucionalização. É, com efeito, um paradoxo de nossa sexualidade humana, que sempre nos "ultrapassa". Não sendo exclusivamente determinada por nossos hormônios, ela escapa igualmente às tentativas que a linguagem faz de circunscrevê-la. Por mais que a linguagem use as possibilidades da fantasia para transformar em prazer os efeitos dos gozos ou dos pavores arcaicos, nunca consegue fazê-lo perfeitamente. Assim, parte da sexualidade escapa a qualquer domínio mecânico preditivo e deixa o falasser sozinho diante dela. Paradoxalmente, no entanto, em razão dessa relativa indeterminação geradora de angústia, ela pode tornar-se um lugar de libertação para quem consegue transformar seu medo, pela alquimia singular do desejo, em prazer.

Por outro lado, por causa dessa solidão angustiante (descoberta por Freud sob o nome de sexualidade "infantil"), homens e mulheres tendem ainda mais a se apoiar na construção dos gêneros sexuados, a fim de compartilhar um destino comum com outros. A articulação flexível entre o sexual (a sexualidade) e o sexuado (os gêneros) é muito mais instável, incerta e aberta aos acasos do desejo do que permitiria prever a representação normativa da diferença entre os sexos; e a vida, felizmente, oferece novas oportunidades para a exploração de diferentes posições[8] subjetivas e sexualizadoras.

É claro que Freud tomou emprestado seus esquemas interpretativos unicamente dos mitos androcêntricos da Grécia antiga, mas introduziu uma nota essencial ao afirmar a prevalência da bissexualidade psíquica. Esta afirmou a existência, a importância e a "rocha" constituída para o erotismo masculino pela parte "feminina" do homem.

De qualquer modo, uma brecha foi aberta pela era freudiana no reino irrestrito da ordem patriarcal, na medida em que ficou demonstrado a que ponto a violência simbólica da dominação do pai é prejudicial, inclusive para o masculino, ao privá-lo de sua parte feminina. Permanece obscura, no entanto, como um aspecto não pensado que trabalha contra as contribuições da própria teoria freudiana, essa outra forma de inscrição pretensamente natural das diferenças entre os sexos que é a distribuição dos valores simbólicos entre pais e mães.

É como se o pai, único detentor desse poder[9] simbólico, tivesse como único mister "separar" os filhos de sua mãe, para impedi-los de serem reabsorvidos por ela num "gozo" tão enigmático quanto perigoso. Isso equivale a desconhecer o prazer próprio do homem de assumir uma posição paterna, em perfeita cumplicidade amistosa com os filhos varões. Equi-

---

8. J. Lacan, *Le séminaire, livre XX, Encore* (Paris, Seuil, 1975/ 1999) [ed. bras.: *O seminário*, livro 20, *Mais, ainda*, trad. M. D. Magno, 2. ed., Rio de Janeiro, Jorge Zahar, 1989]. As diferentes "posições" dos sujeitos, homens ou mulheres, quanto ao "gozo fálico" indicariam a preocupação lacaniana de não fixá-las de acordo com uma ordem imutável, mas o feminino continua a ser pensado como o limite externo do masculino.

9. M. Tort, *Fin du dogme paternel* (Paris, Aubier, 2005).

vale igualmente a desconhecer o trabalho psíquico – feito de ligações, sem dúvida, mas também de separações – que a mulher realiza a cada nova chegada de um ser humano ao mundo. Ao contrário do que afirma Bourdieu, as armas dos fracos nem sempre são "armas fracas"[10], e o trabalho amoroso das mães, que se inaugura a cada nascimento, também retira sua força do fato de não ser uma arma.

A liberdade de Eros

Os desejos de um homem e de uma mulher não são idênticos nem simultâneos; a representação que um ou outro tem deles é diferente. Impormos similitudes ou organizarmos as diferenças entre os gêneros sexuados de maneira fixa dá na mesma: em ambos os casos, expressa-se um ciúme odioso contra a hipótese de lhes ser deixado o campo livre e de se tolerar o caráter a um tempo inevitável e acidental de seus encontros e de seus afastamentos. Acaso a distribuição dos papéis femininos em objetos múltiplos não serve para arregimentar a articulação intrinsecamente múltipla, instável e mutável das identificações sexuadas? Durante muito tempo, essa rigidez dos papéis sexuais reduziu a metade feminina da espécie humana a se identificar exclusivamente com um objeto sexualmente excitante ou, ao contrário, com seu inverso sagrado.

Por serem essencialmente construídas "socialmente", as diferentes posições sexuadas são incertas. Por outro lado, a solidão humana diante do desejo sexual (sempre meio traumático) leva a que os sujeitos humanos se apóiem nelas e queiram acreditar em sua perenidade. A ordem patriarcal (mas não aconteceria o mesmo com uma ordem matriarcal, a partir do momento em que se tratasse de uma ordem?) baseia-se nesse hiato para instaurar entre os sexos diferenças inamovíveis e "solidamente construídas". Será que o ciúme exercido em relação ao feminino não equivale a imputar a este o desejo de

....
10. P. Bourdieu, *La domination masculine*, cit., p. 51.

guardar como reserva, e para seu uso exclusivo, o inapreensível, o inesperado e o caráter libertário de Eros? O jogo do desejo deixa surgir uma parcela do incontrolável, do obscuro e do indefinido que constitui o prazer da sedução, e que é o desejo de agradar[11] em si. Nem o masculino nem o feminino possuem propriamente essa liberdade ingovernável do desejo, mas todos dois a encarnam, cada qual à sua maneira. Quando, sem recuar diante da irreparável solidão da experiência sexual, homens e mulheres consentem em se submeter ao caráter fugidio do desejo, só então podem ter a deliciosa ilusão de inventar um ao outro.

----

11. P. Hochart, "Le plus libre et le plus doux de tous les actes", *Esprit, Les modernes en mal d'amour*, ago.-set. 1997, pp. 66-76.

Conclusão
Para além do ciúme

"Como viver?". Durante muito tempo, essa foi a pergunta dirigida aos psicanalistas. Como fazer a triagem, indagava-se, entre os conflitos gerados pelas aspirações ditas "pulsionais" e as pressões, inevitáveis ou mais aleatórias? Por trás dessa pergunta, desponta hoje uma nova interrogação, que a transforma por completo: já não é o *"como* viver" que constitui o objeto do questionamento de nossos pacientes, e sim um "onde viver". Testemunho disso, em primeiro lugar, são os próprios ciumentos, esses "sem-teto" do ser, isolados do acesso a eles mesmos por rupturas internas e feridas diversas. Não são apenas os loucos que vivem assim num "alhures", dolorosamente exilados; à sua maneira, os ciumentos também são postos "fora de si" por sua paixão, e parecem nos formular uma pergunta desesperada: "Onde viver sem a proteção e o porto de registro proporcionados por uma identidade solidamente estabelecida?".

Na falta de uma identificação e de referenciais que lhe ofereçam um lugar em que viver, na ausência de fantasias que permitam conjugar os enigmas do amor com os do erotismo, o ciumento oscila à beira de um precipício, em suspenso, permanentemente arriscado a cair. "Será que sou eu mesmo, ou sou esse outro que vai embora com uma parte de mim? Sou amado ou sou repelido?", pergunta ele sem cessar. Paradoxo do destino humano, o ciúme coloca o indivíduo num lugar "impossível", um deslugar em cujo interior ele tenta constituir-se como sujeito, ao mesmo tempo que se descobre excluído dele. O ciúme dissimula e exibe, simultaneamente, o pavor e o sofrimento de um abandono; está ligado a uma "falta" de ser.

Assim, a mais comum de nossas loucuras nos ensina o quanto todo ciumento se supõe cercado de homens e mulheres "diferentes" dele, que vivem num "outro" mundo sem comparação, amiúde dotados de poderes de que ele se acredita desprovido. À procura desses "outros" perdidos, assim como de si mesmo, ele oscila, desnorteado, incapaz de enfrentar as incertezas do desejo. Acreditando encontrar na figura do rival a causa e, por conseguinte, a solução ilusória daquilo que o faz sofrer, ele desconhece que, na realidade, é a própria imagem que ele forja para dar forma à sua inquietação que o aliena e o aprisiona ainda mais.

Somente ao sair do ciúme é que o ciumento, reconhecendo no rival uma imagem do semelhante, se torna capaz de não mais temer os poderes fantasiosos que lhe havia atribuído. Ao consentir enfim aceitar a condição humana, feita de identidades frágeis, emoções trêmulas e incertezas sem garantias, ele pode reconhecer que nenhum complô regeu seu sofrimento. É ao admitir considerar sua própria fragilidade, ao mesmo tempo que a dos outros, que lhe é possível pôr fim ao eterno processo por infidelidade que ele move contra os objetos de seu amor.

Tudo isso nos mostra a que ponto os rivais e os amantes de ambos os sexos, ao fornecerem ao ciumento ou à ciumenta a oportunidade de endossarem a postura de vítimas, permitem-lhes, ao mesmo tempo, dividir facilmente o mundo entre os mártires da traição (eles próprios) e os carrascos dos corações. Essa concepção do mundo é de uma rigidez realmente alienante. Nela, o ciumento mostra-se incapaz de se identificar com quem quer que seja. Com uma constância implacável, mais cedo ou mais tarde, seus rivais ou amantes lhe parecerão estranhos, inacessíveis e, por fim, maléficos. Isso tem um interesse ético e político, pois se, contrariando todas as aparências, o rival (e, indistintamente, todos aqueles que ele elegeu) é inabordável a esse ponto, aos olhos do ciumento, o que o ciúme destaca é o *status* do "outro". Através da falha de sua própria identidade, o ciumento mostra que qualquer outro, desde que tenha importância para ele, é posto longe dele, fora de cena, fora da fala, fora da ligação. A questão ética – o *status* do outro – encontra sua conseqüência política na questão de inventar um modo de diminuir a distância que o ciúme revela entre o eu e o outro.

O ciúme interroga nesses mesmos aspectos a arte do psicanalista. Intensamente atentos a um ser amado em quem já não depositam confiança, os ciumentos convidam o psicanalista, caso este queira ir a seu encontro, a imaginar a situação insuportável em que eles vivem, a despeito de si mesmos. Para os ciumentos de ambos os sexos, o analista não representa apenas um personagem de sua história: é, antes de mais nada, o lugar de todas as palavras e de todas as imagens da linguagem infantil de que eles foram despojados, ou que lhes fizeram falta. Habitar o espaço ferido de um outro, emprestar-lhe as próprias imagens, os limites e as falhas, para que ele retire a mordaça de sua linguagem da infância, permite inventar uma nova economia de eros, que, longe de se assustar com os pontos comuns, ao contrário, apóia-se neles.

Se os psicanalistas e os pacientes estão similarmente sujeitos às intermitências do coração, sua posição diferente no espaço compartilhado da transferência permite que os limites do dizível e do indizível da experiência de si mesmos sejam deslocados e, por conseguinte, vividos e decifrados de maneira inédita. Toda transferência entre um analista e seu paciente se baseia numa dissimetria tradicional e necessária, mas esta não exclui o difícil caminho da reciprocidade, indispensável para os que vivem "fora de si", a fim de que eles possam reviver o que não pôde ser vivido e construir os muros de sua identidade. Para encontrar uma saída, a dolorosa oscilação que põe ciumentos e ciumentas em suspenso impõe àquele que os escuta concordar em viajar com eles numa barca "instável", agitada e imprevisível. É somente sob essa condição que o ciumento pode se arriscar a abandonar as miragens de seus rivais imaginários, que o condenam a perseguir sem trégua os sinais de infidelidade na pessoa amada.

O ciumento não tem condições de se separar dos objetos de sua busca, mas permanece agarrado a eles, à espera. Sem poder amar nem odiar de verdade, obrigado a oscilar incessantemente entre o apego e a fúria destruidora, não consegue desligar-se de seus objetos de amor (ou de ciúme). Quando há fixação, suspensão, impossibilidade ou proibição do desdobrar dos movimentos de investimento (amar) e desinvestimento (separar-se), toda a força libertária da linguagem da infância fica paralisada. Ajudar um desses seres é devolver-lhe o uso dessa linguagem violenta e transgressora, cristalizada e amordaçada nele por uma angústia intolerável. Restituída à vida, a infância pode então encontrar meios de se exprimir no adulto, para seu maior benefício. Quando, graças à análise, o ciumento redescobre os elãs da infância, sem culpa, é por ter sido capaz de provar que sua destrutividade não era tão mortífera quanto ele temia, que seus amores sobrevivem a ela, assim como seu analista...

A pergunta "onde viver?" pressupõe a existência de lugares inabitáveis, os quais, à escuta da loucura, a psicanálise aprendeu a explorar. Entre outras paixões comuns, também o ciúme vem dar testemunho disso. A questão do "inabitável" impõe ao psicanalista aprender a imaginar lugares que ele desconhece e a se deslocar por eles, a tal ponto carecem de palavras para se sustentar e viver nesses lugares aqueles que são seus prisioneiros. Cabe ao psicanalista construir com seu paciente um espaço em que se elabore a possibilidade do encontro com um semelhante. Em outras palavras, isso equivale a cultivar com ele o espaço vazio e indeterminado de sua predisposição para amar, evitando saturá-lo com proclamações ou declarações de boas intenções. As conseqüências, como podemos ver, ultrapassam os limites da simples prática analítica: não é um espinhoso desafio ético e/ou político pensar e procurar construir um espaço em que dois semelhantes possam ficar juntos?

Bibliografia

ANZIEU, D. *Le moi-peau*. Paris, Dunod, 1986. [Ed. bras.: *O eu-pele*, trad. Zakie Yazigi e Rosali Mahfuz. 2. ed. São Paulo: Casa do Psicólogo, 2000.]
AGOSTINHO. *Confessions*. Paris, Gallimard, 1993. (Coleção Folio Classique.) [Ed. bras.: *Confissões*. Trad. J. O. Santos e A. A. Pina. São Paulo: Nova Cultural, 1996.]
BEAUVOIR, S. de. *Faut-il brûler Sade?* Paris, Gallimard, 1972. (Coleção Idées.)
BECKETT, S. *Proust*. Paris, Minuit, 1990. [Ed. bras.: *Proust*. Trad. Arthur Nestrovski. São Paulo: Cosac & Naify, 2003.]
BOURDIEU, P. *La domination masculine*. Paris, Seuil, 1998/2002. (Coleção Liber/ Points Essais.) [Ed. bras.: *A dominação masculina*. Trad. Maria Helena Kühner. Rio de Janeiro: Bertrand Brasil, 1999.]
DESANTI, J.-T. "L'avenir a-t-il une civilisation?", entrevista com M. Fennetaux, *Césure*, n. 4, maio de 1993.
DOLTO, F. *L'image inconsciente du corps*. Paris, Seuil, 1984.
FARGE, A.; LAÉ, J.-F.; CINGOLANI, P. & MAGLOIRE, F., *Sans visages: l'impossible regard sur le pauvre*. Paris, Bayard, 2004.
FREUD, S. *Inhibition, symptôme, angoisse*. Paris, PUF, 1971. [Ed. bras.: *Inibições, sintomas e ansiedade*. Edição Standard Brasileira das Obras Psicológicas Completas de Sigmund Freud (ESB). Rio de Janeiro: Imago, 1975, vol. XX.]
_____. "Contributions à la psychologie de la vie amoureuse". Em *La vie sexuelle*. Paris, PUF, 1970. [Ed. bras.: "Sobre a tendência uni-

versal à depreciação na esfera do amor (Contribuições à psicologia do amor II)". ESB, Rio de Janeiro: Imago, 1975, vol. XI.]
_____. "Sur quelques mécanismes névrotiques dans la jalousie, la paranoïa et l'homosexualité". Em *Névrose, psychose et perversion*. Paris, PUF, 1997. [Ed. bras.: "Alguns mecanismos neuróticos no ciúme, na paranóia e no homossexualismo". ESB, Rio de Janeiro: Imago, 1975, vol. XVIII.]
_____. "Le problème économique du masochisme". Em *Névrose, psychose et perversion*. Paris, PUF, 1997. [Ed. bras.: "O problema econômico do masoquismo". ESB, Rio de Janeiro: Imago, 1975, vol. XIX.]
_____. "Contributions à la psychologie de la vie amoureuse", "Le tabou de la virginité". Em *La vie sexuelle*. Paris, PUF, 1970. [Ed. bras.: "O tabu da virgindade (Contribuições à psicologia do amor, III)". ESB, Rio de Janeiro: Imago, 1975, vol. XI.]
_____. "Dostoïevski et le parricide". Em *Résultats, idées, problèmes II*. Paris, PUF, 1985. [Ed. bras.: "Dostoiévski e o parricídio". ESB, Rio de Janeiro: Imago, 1975, vol. XXI.]
_____. *L'inquiétante étrangeté et autres essais*. Paris, Gallimard, 1985. (Coleção Connaissance de l'Inconscient.) [Ed. bras.: "O 'estranho'". ESB, Rio de Janeiro: Imago, 1975, vol. XVII.]
_____. "Psychologie des foules et analyse du moi". Em *Essais de psychanalyse*, Paris, Payot, 1981. (Coleção Petite Bibliothèque Payot.) [Ed. bras.: *Psicologia de grupo e análise do ego*. ESB, Rio de Janeiro: Imago, 1975, vol. XXIII.]
_____. "Un type particulier de choix d'objet chez l'homme". Em *La vie sexuelle*. Paris, PUF, 1970. [Ed. bras.: "Um tipo especial de escolha de objeto feita pelos homens". ESB, Rio de Janeiro: Imago, 1975, vol. XI.]
_____. *Abrégé de psychanalyse*. Paris, PUF, 1970. (Coleção Bibliothèque de Psychanalyse.) [Ed. bras.: *Esboço de psicanálise*. ESB, Rio de Janeiro: Imago, 1975, vol. XXIII.]
GADDINI, E. *L'imitation*. Paris, PUF, 2001. (Coleção Le Fil Rouge.)
GAMPEL, Y. *Ces parents qui vivent à travers moi: les enfants des guerres*. Paris, Fayard, 2005.
GIRARD, R. *Shakespeare: les feux de l'envie*. Paris, Grasset, 1990.
GRIMAL, P. *Dictionnaire de la mythologie grecque et romaine*. Paris, PUF, 1969. [Ed. bras.: *Dicionário da mitologia grega e romana*. Trad. Victor Jabouille, 4. ed. Rio de Janeiro: Bertrand Brasil, 2000.]
HAENDEL, G. F. *Hércules*. Libreto de T. Broughton.

HÉRITIER, F. *Masculin/féminin: la pensée de la différence*. Paris, Odile Jacob, 1998.
HOCHART, P. "Le plus libre et le plus doux de tous les actes". *Esprit, Les modernes en mal d'amour*, ago.-set. 1997.
KLEIN, M. *Envie et gratitude et autres essais*. Paris, Gallimard, 1978. (Coleção Tel.) [Ed. bras.: *Inveja e gratidão: um estudo das fontes do inconsciente*. Trad. J. O. Aguiar Abreu, Rio de Janeiro: Imago, 1974.]
LACAN, J. *Le séminaire, livre X, L'angoisse*. Paris, Seuil, 2004. [Ed. bras.: *O seminário*, livro 10, *A angústia*. Trad. Vera Ribeiro, Rio de Janeiro: Jorge Zahar, 2005.]
_____. "Kant avec Sade". Em *Écrits*. Paris, Seuil, 1967. [Ed. bras.: "Kant com Sade". Em *Escritos*. Trad. Vera Ribeiro. Rio de Janeiro: Jorge Zahar, 1998.]
_____. *Le séminaire, livre XI, Les quatre concepts fondamentaux de la psychanalyse*. Paris, Seuil, 1990. (Coleção Points Essais.) [Ed. bras.: *O seminário*, livro 11, *Os quatro conceitos fundamentais da psicanálise*. Trad. M. D. Magno. Rio de Janeiro: Jorge Zahar, 1979.]
_____. *Le séminaire, livre III, Les psychoses*. Paris, Seuil, 1981. [Ed. bras.: *O seminário*, livro 3, *As psicoses*. Trad. Aluísio Meneses. 2. ed. rev. Rio de Janeiro: Jorge Zahar, 1988.]
_____. *Le séminaire, livre XX, Encore*. Paris, Seuil, 1999. (Coleção Points Essais.) [Ed. bras.: *O seminário*, livro 20, *Mais, ainda*. Trad. M. D. Magno. 2. ed. rev. Rio de Janeiro: Jorge Zahar, 1989.]
LA ROCHEFOUCAULD, *Réflexions ou Sentences et maximes morales*. Paris, Garnier, 1957. (Coleção Classiques Garnier.) [Ed. bras.: *Reflexões e máximas morais*. Trad. e introd. Alcântara Silveira. Rio de Janeiro: Ediouro, 1992.]
LE COUR GRANDMAISON, O. *Haine(s): philosophie et politique*. Paris, PUF, 2002.
MCDOUGALL, J. *Éros aux mille et un visages*. Paris, Gallimard, 1996. (Coleção Connaissance de l'Inconscient.) [Ed. bras.: *As múltiplas faces de Eros: uma exploração psicanalítica da sensualidade humana*. Trad. Pedro H. B. Rondon. São Paulo: Martins Fontes, 1997.]
MATHIEU, N.-C. *L'anatomie politique: catégorisations et idéologies du sexe*. Paris, Indigo/Côté femmes, 1991.
MELTZER, D. & WILLIAMS, M. Harris. *The apprehension of beauty: the role of aesthetic conflict in development, art and violence*. Old Ballechin, Strath Tay, Clunie Press for Roland Harris Trust, 1988. Ed. franc.:

L'appréhension de la beauté: le rôle du conflit esthétique dans le développement psychique, la violence, l'art. Trad. David Alcorn, Larmor-Plage, Éditions du Hublot, 2000. [Ed. bras.: *A apreensão do belo: o papel do conflito estético no desenvolvimento, na violência e na arte*. Trad. Paulo C. Sandler. Rio de Janeiro: Imago, 1994.]

MONTRELAY, M. "La jalousie: un branchement direct sur l'inconscient", "I. Questions à M. Montrelay" (C. Casadamont et J.-J. Blévis), "II. Réponses de M. Montrelay". *Che vuoi? Revue de psychanalyse, La Jalousie*, Paris, L'Harmattan, n. 6, 1996.

_____. "Les femmes qu'on jalouse sont toujours blondes". Em CHAPSAL, M. *La Jalousie*. Paris, Fayard, 1977.

PANKOW, G. *L'homme et sa psychose*. Paris, Aubier-Montaigne, 1969. [Ed. bras.: *O homem e sua psicose*. Campinas: Papirus, 1989.]

PÉLISSIER, Y.; BÉNABOU, M.; LIÈGE, D. de & CORNAZ, L. *789 Néologismes de Jacques Lacan*. Paris, EPEL, 2002.

PROUST, M. *À la recherche du temps perdu*. Paris, Gallimard, 1995. vol. IV. (Coleção Bibliothèque de la Pléiade.) [Ed. bras.: *Em busca do tempo perdido*. Trad. Mario Quintana. 15. ed. São Paulo: Globo, 1993, vol 1.]

REY, A. (org.). *Dictionnaire historique de la langue française*. Paris, Le Robert, 1998. Verbete "odieux, odieuse".

SAINT-JOHN PERSE. "Anabase". Em *Oeuvres complètes*. Paris, Gallimard, 1972. (Coleção Bibliothèque de la Pléiade.)

SARTRE, J.-P. *L'imaginaire*. Paris, Gallimard, 1986. (Coleção Folio Essais). [Ed. bras.: *O imaginário: psicologia fenomenológica da imaginação*. Trad. Duda Machado, rev. Arlette Elkaim-Sartre. São Paulo: Ática, 1996.]

SHAKESPEARE, W. *Othello*. Em *Oeuvres complètes, Tragédies II*. Paris, Robert Laffont, 1995. (Coleção Bouquins.)

SOLMS, K. e M. *Clinical studies in neuro-psychoanalysis: introduction to a depth neuropsychology*. Nova York, Karnak Books, 2002.

TORT, M. *Fin du dogme paternel*. Paris, Aubier, 2005.

TUSTIN, F. *Le trou noir de la psyché*. Paris, Seuil, 1989.

WINNICOTT, D. W. *La crainte de l'effondrement et autres situations cliniques*. Paris, Gallimard, 2000. (Coleção Connaissance de l'Inconscient.)

1ª **edição** Fevereiro de 2009 | **Diagramação** Megaart Design
Fonte Palatino Light | **Papel** Offset 90 m/g^2
Impressão e acabamento Corprint.